동키 호택

한국판 돈키호테 임택, 당나귀하고 산티아고

똥키호택

한국판 돈키호테 임택, 당나귀하고 산티아고

임택 지음

<유 퀴즈 온 더 블록> <세바시> 화제의 인물
여행셰프 임택, 당나귀와 산티아고 길 825km 완주

책이라는신화
BOOK OF LEGEND

일러두기

· 인용된 성경은 대한성서공회 엮음, 『성경전서 개역한글판』, 대한성서공회, 1961을 기준
  으로 했습니다.

· 스페인어는 국립국어원의 외래어 표기법을 준수하되 현실적인 발음과 지나치게 동떨어진
  경우에는 발음을 우선으로 했습니다.

나의 여행이 아닌
우리의 여행을 시작하며

스페인과 프랑스를 갈라놓는 피레네산맥, 이 깊은 산중에서 나고 자란 당나귀 한 마리가 있었다. 그는 어느 날 동양에서 온 낯선 사내와 긴 여행을 떠났다. 사내가 누구인지 어딜 가는지 왜 가는지, 그는 전혀 상관하지 않았다. 나는 여덟 살이었던 이 당나귀의 이름을 '동키 호택'이라고 지었다. 동키는 성이요, 호택은 이름인 셈이다. 이 이름은 스페인의 소설 『돈키호테』와 비슷해서 현지 사람들의 관심을 더했다.

내가 호택이와 함께 걸었던 길을 사람들은 카미노 또는 산티아고 순렛길이라고 부른다. 많은 사람이 카미노를 세상에서 가장 아름다운 길이라고 칭송한다.

길은 누군가의 첫걸음에서 시작되었다. 그렇다고 첫걸음이

CHEMIN
DE SAINT-JACQUES

"Je te lance depuis Saint-Jacques, vieille
Europe, un cri plein d'amour, retrouve-toi, sois
toi-même, découvre tes origines, ravive tes

모두 길이 될 수는 없다는 점에서 두 번째의 걸음도 의미가 있다. 그리고 무수한 걸음이 더해져 길은 모습을 드러낸다.

81일간의 여행 중 나는 호택이와 71일을 걸었다. 애초 45일 동안의 계획에서 많이 빗나갔다. 카미노 길에 기대어 사는 사람들이 나를 잡았기 때문이다. 이처럼 여행은 예상대로 되지 않는다는 점에서 인생과 닮았다. 만일 모든 일이 나의 계획대로 이뤄졌다면 여행은 단물 빠진 사탕수수와 다를 바 없다. 인생의 맛이 찝찔하다면 무언들 재미가 있겠는가.

처음에 나는 호택이를 그저 내 짐을 지고 가는 머슴 정도로 생각했다. 다행히도 그는 나의 바람대로 움직여줬다. 목줄은 그를 통제하는 완벽한 도구였다. 그가 쩔쩔매는 모습에 나는 더욱 신이 나서 그를 통제했다. 내가 목줄을 지배하는 한 그는 나를 벗어날 방도가 없었다. 철저하게 내 자아가 지배했던 시기였다.

800킬로미터의 반을 걸었을 때 나는 메세타평원의 황량한 벌판에서 매서운 바람과 맞서야 했다. 몸을 가누기 힘든 바람 앞에서 내가 할 수 있는 행동은 호택이의 목을 껴안는 것뿐이었다. 따뜻한 온기가 나에게 전해졌다. 옮겨온 것은 온기만이 아니었다. 내가 잠자리에 들 때마다 그를 생각하게 된 것은 이즈음이었던 것 같았다. 우리에게 애틋한 감정이 싹텄다.

동키 호택

Pour obtenir à Saint-Jacques de Compostelle
COMPOSTELLA", faites tamponner à chaque étape.

DATE ET CACHET DE LA HALTE
CUEIL SAINT JACQUES

호택이의 존재는 나에게 뜻밖의 선물을 안겨주었다. 그 선물은 바로 호택이가 있었기에 많은 사람이 내게 다가왔다는 사실이다. 수많은 세월 동안 이 길에 의지해서 살아왔던 무수한 사람들과의 만남. 이들이 들려주는 이야기는 내게 탐스러운 열매와 같았다. 호택이는 흡사 냇가에 놓은 징검다리처럼 사람들을 다가오게 하는 도구였다. 그가 없었다면 사람들은 결코 내게 관심을 두지 않았을 것이다.

카미노의 사람들은 남녀노소 누구나 당나귀를 좋아했다. 그들은 스스럼없이 다가와 당나귀를 쓰다듬고 어루만졌다. 호택이도 이런 사람들의 손길을 즐기는 듯했다. 만일 내가 바쁜 걸음으로 오직 산티아고 데 콤포스텔라를 향해 걸었다면 몰랐을 것이다. 알고 보니 이 길은 과거 무수한 당나귀가 오가던 길이었다. 당나귀는 이 길에서 없어서는 안 될 운송 수단이었다. 그래서인지 지금도 이곳에서의 택배 시스템을 '동키 서비스'라고 부른다.

어느 날 노새 마을을 지나면서 당나귀도 순례자가 될 수 있다는 말을 들었다. 그저 운송 도구로서의 당나귀가 아니라 순례자로서의 호택이가 되는 순간이었다. 레온의 한 수도원에서 동물 크리덴셜을 받았을 때, 담당자가 당나귀에게는 처음 발급하는 증명서라고 말했다. 이전에도 많은 당나귀가 순렛길을 동

9

반했지만 그들은 짐꾼이었을 뿐이다.

여행이 막바지에 이르며 큰 변곡점이 생겼다. 바로 호택이를 통제하던 목줄을 잡지 않게 되었다는 것이다. 목줄은 서로의 지배와 피지배를 결정하는 상징이었다. 이제 목줄을 잡지 않아도 호택이는 적당한 거리에서 나를 떠나지 않았다. 나 또한 그가 내 시야에서 멀어지더라도 초조해하지 않았다. 그와 나 사이에, 신뢰를 바탕으로 하는 완벽한 교감이 생긴 것이다.

내가 코로나19에 걸리는 바람에 호택이를 돌보지 못하게 되었을 때 그는 숲이나 들에서 홀로 지내야 했다. 그에게는 악몽과 같은 시기였나 보다. 결국 그는 밤새 나를 찾아 배회하느라 어딘가로 멀리 떨어졌다. 경찰의 도움으로 깊은 숲길에서 겨우 호택이를 발견했다. 그는 큰 소리로 울었다. 우리는 비 오는 찻길을 함께 걸어 가며 다시는 헤어지지 말자고 다짐했다. 그 뒤로 그는 내 뒤를 졸졸 따라다녔다. 완전한 일체감이란 이런 것을 두고 하는 말이다.

당나귀에게 통제권을 빼앗기면 끝장이라던 사람들의 말은 사실이 아니었다. 통제권을 완전히 포기하고 그를 자유롭게 했을 때 비로소 강한 신뢰의 끈이 생겼다. 눈에 보이는 끈보다 보이지 않는 끈이 더욱 강하다는 것을, 나는 호택이와 걸으며 깨달았다.

동기 호택

이 이야기는 그와 겪은 이야기다. 재미를 위해 픽션을 가미했지만 대부분 사실임을 미리 밝힌다.

호택이와 함께 떠난 산티아고 여행 이야기가 이제 시작된다.

차례

프롤로그 · 나의 여행이 아닌 우리의 여행을 시작하며   — 7

우연만큼 멋진 계기는 없다   — 17

라만차의 부름을 받은 동키 호택이   — 25

부디 천사를 만나지 않기를   — 34

너는 네 걱정이나 하라고   — 43

말똥 냄새 그윽한 7성급 호텔   — 49

화살표가 없는 길   — 57

다가갈수록 높아지는 마을   — 66

호택이는 슈퍼스타   — 76

나도 슈퍼스타   — 85

카미노의 진정한 주인   — 93

운수 좋은 날   — 98

무엇을 걱정하랴   — 107

당나귀의 목욕법   — 120

마른하늘에 비가 내릴 때가 있다   — 130

나는 왜 여기에 와 있는가   — 137

경찰의 에스코트를 받다   — 148

무엇을 먹을까 염려하지 말라   — 156

수영팬티를 원했더니 수영장까지 주셨다   — 164

당나귀 고집에는 다 계획이 있다 ——170

천년의 메시지 ——179

호택이와 풀을 함께 뜯다 ——189

독사가 사는 곳엔 해독초도 있다 ——196

힘의 논리를 이기는 끈 ——208

노새 마을의 로맨스 ——216

이제 호택이는 순례자 ——224

당신의 당나귀는 비만이에요 ——232

결투장에서 패배를 맛보다 ——238

망할 놈의 개가 천사였다니 ——248

당나귀 박사들이 사는 마을 —— 255

파드론으로 가시오 —— 263

진짜 동키 서비스 —— 271

당신의 당나귀는 암놈인가요? —— 282

두 번의 시련 —— 291

나쁘다가도 좋아지는 것 —— 299

호택이 실종 사건 —— 307

천년의 도시 속으로 —— 315

마지막 깨달음 —— 322

에필로그 · 비움과 더함을 반복하는 길 위에서 —— 331

우연만큼
멋진 계기는 없다

이 멋지고 아름다운 여행은 아주 우연한 일에서 시작되었다. 평소 즐겨 찾는 장소가 있다. 바로 우리 동네에 있는 종로구립도서관이다. 자료가 많이 있어서 글을 쓰기 좋은 데다가 무료다. 가난한 작가에겐 매우 좋은 장소다. 언제나 빈자리가 있으니 집으로 되돌아가야 하는 일도 없다.

그러던 어느 날, 내가 늘 앉던 자리를 누군가가 차지했다. 창밖에 홀로 선 나무가 계절을 알려줘서 좋았는데……. 기차표를 잃어버린 여행자처럼 나는 도서관을 나왔다. 익숙함이라는 것이 이렇다.

마침 도서관 건물 바로 앞에 어린이 도서관이 새 단장을 끝내고 문을 열었다. 어린이 도서관은 매우 한산해 보였다. 아이들이 모두 학교에 간 시간이라 자리가 많았다. 새로운 어린이 도서관 서고에는 동화책이 가득했다. 그날부터 나의 작업 장소가 바뀌었다.

나는 지루할 때마다 동화책을 읽었다. 하루는 이런 생각이 들었다.

'혹시 현재 활동하는 여행작가가 동화로 쓴 여행책이 있을까?'

아주 단순한 궁금증을 품고 검색대 앞으로 갔다. 검색 결과를 보고 매우 당황했다. 야속하게도 단 한 권조차 없었기 때문이다. 내가 어릴 때 읽었던 『걸리버 여행기』, 『톰 소여의 모험』, 『동방견문록』 같은 고전들이 아직도 아이들의 세계관을 지배하고 있다니.

우리나라는 섬나라와 같다. 반도의 끝에 있고 북으로는 북한이 있어 대륙으로 나아갈 수 없다. 고립된 섬처럼 우리는 배나 비행기를 타지 않으면 갈 수도 올 수도 없는 처지다. 어린아이들이 우물 안 개구리가 될 것이라는 생각에 걱정이 앞섰다. 동화로 된 여행기를 써야겠다는 생각이 들었던 순간이었다.

나는 좋은 생각이 나면 동시에 행동으로 옮기는 성급한 사람이다. 당장 한 신문사에서 운영하는 '동화작가학교'에 입학

했다. 그 아카데미는 동화작가가 되려는 사람들에게 꽤 알려진 곳이다. 우리 반 인원은 30명 정도로, 나를 제외하곤 모두 여자였다. 게다가 나는 60살이 넘는 나이여서 사람들이 의아해했다. 이들 중에는 이미 활동하는 동화작가도 있었다.

동화를 쓴다는 것은 내겐 견고한 성벽이었다. 나는 6개월 동안 동화학교를 다니며 한 가지 사실을 확실하게 깨달았다. '아! 어쩌면 나는 동화 쓰는 여행작가가 되기는 힘들겠구나'라는 사실이었다.

내가 여행의 주인공이 되기에는 아이들과 세대 차이가 너무 컸다. 이런 이유로 아이들과 나를 연결해줄 징검다리가 필요했다. 그게 바로 당나귀였다.

당나귀는 동화 속에 자주 등장하는 동물이다. 당나귀 캐릭터도 다양하다. 동화에 나오는 당나귀는 보통 고집이 세거나 영리한 동물로 등장한다. 윤회를 믿는 네팔 사람들은 죽은 뒤 당나귀로 태어나지 않도록 기도한다고 한다. 인간과 살아가는 가축 중 가장 가혹한 삶을 사는 동물이기 때문이다. 사랑과 가여움을 모두 담고 있는 당나귀가 내 여행의 동반자가 된 것은 이런 면에서 다행한 일이다.

우리나라에서 당나귀를 찾는 것은 쉬운 일이 아니었다. 서울 근교에 당나귀 목장이 있다고 해 무작정 찾아갔다. 그 목장의 주인도 나만큼이나 낭만적이고 대책이 없는 사람이었다. 그가 어찌나 내 얘기에 흥미를 느꼈던지 하마터면 그날 당나귀들을 모조리 굶길 뻔했다. 그가 없었다면 이 멋진 이야기도 세상에 나오지 못했을 것이다.

그의 도움으로 이틀 동안 여주 강천길을 당나귀와 함께 걸었다. '짱구'라는 이름의 당나귀였다. 그 이름답게 머리가 유난히 컸다. 나는 이때 당나귀가 어린아이같이 호기심이 많고 겁이 많은 성격임을 알았다. 하는 짓이 익살스럽기도 하고 거들먹거릴 때도 있어 보고 있으면 웃음이 났다. 늘 기회를 엿보며 나를 앞서려고 했는데 이것이 본능이라는 사실도 알았다.

어느 마을을 빠져나와 다리를 건넜을 때의 일이다. 다리를 건너니 길이 좌우로 갈렸다. 앞서 건너던 짱구는 자신감 있게 오른쪽 길로 돌아 걸었다. 나는 어쩌나 보려고 일부러 반대편 길로 걸어갔다. 한참을 가던 짱구가 뒤를 돌아보더니 괴성을 지르며 달려왔다. 이렇게 겁이 많은 놈이 허세를 부렸다니!

당나귀와 함께할 첫 여행지로 택한 곳은 제주도 올레길이었다. 아름다운 바닷길을 따라 걷는 경로다. 하지만 짱구를 데리고 제주도로 가는 과정은 단순하지 않았다. 그저 배에 싣고 가면 그만이라고 생각했지만 그게 다가 아니었다.

운송의 문제가 컸다. 비싼 말 운반용 트레일러가 필요했다.

그 트레일러가 당나귀를 실은 채 배에 실린다. 운송비가 당나귀 값보다 비쌌다. 비싼 운송비는 차치하더라도 섬에 도착하면 검역을 받아야 한다. 당나귀 한 마리의 이동 조건이 이렇게 까다로웠다.

게다가 제주도는 길이 험해 당나귀가 걷기 힘들다. 훈련받지 않은 당나귀가 계단을 오르거나 뾰족한 돌길을 걷는 것은 힘들어 보였다. 현실적으로 어려운 계획이었다.

당나귀와의 멋진 여행은 수면 아래로 내려간 듯 보였다. 그러던 어느 날, 나는 우연히 한 장의 사진을 보게 되었다. 바로 산티아고 순롓길을 걷고 있는 순례단의 모습이었다. 사진 속에는 여러 사람과 함께한 동물들이 보였는데 거기에 당나귀 두 마리가 있었다.

'아! 이 길이라면 당나귀가 걸을 수 있을 거야.'

문제는 당나귀였다. 짱구를 데리고 갈 방법이 없었다. 산티아고 순롓길을 함께 걸을 당나귀를 현지에서 구하는 일이 급선무였다.

산티아고로 향하는 순롓길 중에서도 내가 출발할 장소는 프랑스 땅이었다. 나는 동물 매매 사이트에서 어렵사리 당나귀 한 마리를 샀다. 놀랍게도 당나귀 한 마리의 값이 매우 쌌다. 한화로 70만 원 정도였다. 프랑스의 한 농장에서 팔려고 내어놓은 예쁜 암컷 당나귀였다. 구매를 결정하고 얼마 지나지 않아 메일이 왔다.

"안녕하세요. 저는 당신에게 당나귀를 판 사람입니다. 한 가지 제안을 드리고 싶습니다. 실은 이 당나귀에게 새끼가 있는데요, 함께 사주시면 안 될까요?"

나는 한국 사람이라는 사실을 밝히며 산티아고를 함께 걸으려고 당나귀를 구했다는 답장을 보냈다. 당나귀와 여행이 끝나면 다시 당신에게 돌려드리고 싶다는 내용도 함께 보냈다. 다시 메일이 왔다.

"프랑스인이 아니시군요. 그런데 이 당나귀는 짐을 지고 가도록 훈련받지 않았습니다. 젖을 짜는 역할이죠. 이 당나귀와 길을 떠나기는 어려울 것 같네요."

그는 돈을 되돌려주며 프랑스 당나귀 농장들의 이메일 주소가 담긴 파일을 보냈다. 나는 정성스럽게 여행 계획을 영어로 써서 메일로 보냈다. 50여 개가 넘는 농장에 메일을 보냈으나 답장을 보낸 사람은 아무도 없었다. 다시 미궁에 빠졌다. 이들이 답장을 보내지 않은 이유는 영어를 할 줄 모르기 때문이었을 것이라고 나중에 누군가가 말했다.

그즈음이었던 2019년, 코로나19 팬데믹이 세계를 혼돈 속으로 몰아넣었다. 2년 동안 세계는 극심한 공포로 신음했다. 팬데믹이 잦아든 뒤에야 다시 여행을 생각했다.

나는 중요한 일보다 재미있는 일을 우선한다. 다시 여행의 욕구가 솟아올랐다. 이때 이동훈이라는 스무 살 청년을 만났다. 막 고등학교를 졸업한 청년이었다. 그는 초등학교를 캐나다에서 나와 영어를 매우 잘했다. 그가 내 제안서를 영어로 번역해 스페인의 당나귀 농장으로 보내주었다. 스페인에서 출발하면 당나귀를 구하는 일이 더 쉬울 수 있다는 생각이 들었기 때문이다.

아주 짧은 시간에 희망적인 소식이 왔다. 스페인의 바스크 지방에 있는 아스토트레크Astotrek라는 당나귀 트레킹 농장에서 메일을 보내온 것이다. 아리츠와 엘레나라는 젊은 부부가 운영하는 이 농장은 산티아고 순렛길이 시작되는 프랑스 국경 피레네 산속에 있었다. 당나귀를 빌리려면 하루에 60유로를 내야 했다. 하지만 나중에 그는 이 멋진 여행에 기여하고 싶다며 71일 동안의 비용을 면제해주었다.

이 여행을 가능케 한 것은 이렇게 우연을 가장한 여러 도움이 있었기 때문이다. 그리고 2021년 9월 17일, 드디어 대망의 여행길에 올랐다. 애초에 계획한 여행 기간은 45일이었지만 여행은 81일 동안이나 이뤄졌다.

▌ 아스토트레크의 홈페이지. 청년의 도움으로 이곳의 문을 열었다.

두드려라. 그리하면 열릴 것이다.

나는 이후 남의 집 문을 두드리는 데 주저함이 없게 되었다.

라만차의 부름을 받은
동키 호택이

아리츠의 당나귀 농장은 그들이 살고 있는 레이차^{Reitza}에서 차로 십여 분 거리에 있었다. 그의 차가 좁은 산길을 따라 씰룩거리며 올라갔다. 얼마 지나지 않아 산등성이에 당나귀 두 마리가 보였다. 내가 다가가자 당나귀들이 머리를 흔들며 경계했다. 그들은 일곱 살 정도의 수컷으로 '메스키'와 '하이'라는 이름을 가지고 있었다.

나는 아리츠가 시키는 대로 주먹을 그들에게 내밀었다. 그들은 주먹으로 다가와 잠시 냄새를 맡더니 경계를 풀었다. 티없이 맑은 눈과 검정 갈기 그리고 곧게 뻗은 등이 아주 멋졌다. 사람을 태우고 피레네산맥을 다니도록 훈련받아서인지 처음 보는 내게도 금세 친하게 굴었다.

"아리츠, 근데 얘들한테 젖꼭지가 있네?"

이 말을 들은 아리츠가 짓궂게 웃으며 말했다.

"너도 두 개 있잖아."

우리는 서로 가슴에 손을 대며 한바탕 웃었다.

메스키는 힘이 세고 건강했지만 하이는 조금 여려 보였다. 아리츠가 내게 속삭이듯 말했다. 혹여 이들이 들을까 쉬쉬하는 눈치였다.

"하이는 순하지만 힘이 약해. 메스키는 고집이 있지만 힘이 아주 세지."

메스키라는 이름은 모로코의 한 오아시스 마을의 이름에서 따왔다고 했다. 내가 보기에도 메스키는 키도 크고 어른스러워 보였다. 800킬로미터나 되는 먼 길을 걸어야 하는 만큼 힘센 메스키가 마음에 들었다.

"메스키, 너의 이름은 이제부터 '동키 호택'이야. 당나귀 호택, 알았지?"

아리츠는 내가 '돈키호테'의 발음을 이상하게 하는 줄 알았는지 웃음을 빵 터뜨렸다. 당나귀야 이름이 무엇이든 상관하지 않는다. 어디를 가든지 먹을 풀과 안전한 잠자리만 있으면 세상 걱정이 없다.

"오늘은 저기서 자는 게 어때?"

아리츠가 농장 한 귀퉁이를 가리키며 말했다. 울타리로 둘러싸인 안쪽에는 잔디가 깔려 있고 닭들이 돌아다녔다. 저곳에 텐트를 치고 자란다.

"저기는 우리 식량 창고야. 저 울타리 안에는 없는 게 없지."

아리츠가 가리킨 곳에 헛간이 하나 있었다.

헛간은 암탉들이 알을 낳는 곳인데, 가끔 수탉 두 마리가 깃털을 세우고 날카로운 신경전을 벌이곤 했다. 암탉들은 이에 아랑곳하지 않고 가시덩굴 속에서 알을 품거나 병아리와 풀밭을 한가로이 돌아다녔다.

가끔 평화를 깨는 존재는 또 있었다. 바로 '잉카'라는 이름의 눈먼 개다. 이놈은 가만히 있다가도 느닷없이 돌진하다 돌벽에 부딪혀 자빠지거나, 닭들이 내는 소리를 듣고 미친 듯이 달려가곤 했다. 이러다가도 무슨 이유인지 킁킁 냄새를 맡으며 풀밭을 돌아다녔다.

닭과 잉카가 가장 날카롭게 대치하는 곳이 헛간이었다. 헛간의 아래는 잉카의 제국이요 위는 닭들의 천국이다. 저녁이 되면 한바탕 세력 다툼으로 시끄럽다가 밤이 깊어지면 잠잠해졌다.

헛간 뒤편에는 토끼장이 여러 개 있었다. 모두 천으로 덮여

▌처음으로 만난 하이와 호택이. 하루도 되지 않아 친해졌다. 그들은 항상 내 주위에
　머물렀다.

있어서 아리츠가 일러주지 않았다면 몰랐을 것이다.

"토끼는 굴에 사니까 어두워야 해."

덮어놓았던 천을 들추자 화들짝 놀란 토끼가 몸을 바르르 떨었다.

"그런데 왜 한 마리씩 따로 키우는 거야? 외롭잖아."

아리츠가 특유의 웃음소리를 내며 말했다.

"토끼의 번식력은 우주 제일이지."

그는 주먹을 빠르게 부딪치면서 '타타타' 하는 소리를 냈다.

"이놈들을 그냥 내버려두면 말이야, 인류는 토끼 고기만 먹고 살아야 할 거야."

아리츠는 연신 키득거리며 말했다. 아리츠는 무엇이 그리 재미있는지 신이 나서 말을 이어가다 내게 물었다.

"토끼 고기 좋아해?"

"난 못 먹어."

"아니, 그 맛있는 걸 왜?"

아리츠가 놀랍다는 듯 어깨를 으쓱이며 물었다.

"없어서 못 먹지! 하하하."

또 한바탕 웃음이 지나갔다. 사실 난 토끼 고기는 먹어본 적이 없다.

헛간을 지나면 제법 큰 비닐하우스가 있다. 그 안에는 토마토, 딸기 같은 채소가 가득했다. 그뿐이 아니었다. 상추와 작은 고추 그리고 가지까지 많은 채소가 있었다. 그 뒤로는 텃밭이 있는데 그곳에서는 옥수수와 호박, 참외에다 수박까지 길렀다. 온갖 채소들의 천국이었다. 부족한 것이 없는 공간이었다.

"이곳에서는 화학비료를 일절 사용하지 않아. 물론 농약도 안 치는 완전 무공해라니까."

농장 구석에는 당나귀 배설물을 이용해 만든 천연 퇴비가 가득 쌓여 있었다.

"너희는 시장 갈 일이 없겠네. 고기하고 빵만 사면 되겠어."

내 말을 듣던 그가 더 기막힌 이야기를 했다.

"우리는 2월이 되면, 새끼 돼지를 산에 풀어놓지. 산에는 계절에 따라 먹을 것이 굉장히 많거든. 요즘은 도토리 먹느라 돼지들이 정신 줄을 놓는다니까. 연말이 되면 모두 잡아들여. 돼지고기도 살 필요가 없어."

이렇게 자연이 키운 고기를 냉장 시설에 보관한 다음 1년 내내 꺼내 먹는단다.

"너희 집에는 굉장히 큰 냉장고가 필요하겠어, 아리츠."

"아니야. 마을 사람 몇 명이서 공동 냉장고를 사용하고 있어. 여기서는 흔한 일이야."

아리츠는 곧 레이차에 있는 자기 집으로 돌아갔다.

작은 자유가 내게 찾아왔다. 동물 농장과 채소 가득한 울타리 안은 나만의 작은 왕국이 되었다. 내게 있는 음식이라곤 먹다 남은 초리조와 치즈 몇 조각에 오늘 아침 옥수수빵 축제에서 산 야구방망이처럼 생긴 빵이 전부였다.

"자, 이제 시장을 보러 갈까?"

닭장 문을 열자 암탉들이 긴장했다. 그들의 품속으로 손을 넣어 달걀 네 개를 꺼냈다. 방금 낳았는지 따뜻한 온기가 남아 있었다.

"스크램블을 해 먹어야겠어."

비닐하우스에서는 빨갛게 익은 딸기와 잘 익은 토마토 몇 개를, 텃밭에서는 싱싱한 호박과 옥수수를 땄다. 음식 재료가 이렇게 많아지니 마음도 덩달아 풍성해졌다.

음식을 만들 장소는 농장 길 건너에 있는 아리츠 부부의 여름 집이었다. 이곳에는 아리츠의 부모가 살았는데, 그들은 여름 농사철에만 잠깐 사용하다 겨울이 되면 마을로 돌아갔다. 마당에는 슬레이트 지붕의 그늘막이 있고, 그 천장에는 마늘과 양파가 가득 매달려 있었다. 부족한 게 전혀 없는 환경이었다.

▌ 이런 곳에서 침낭을 펴고 자는 것만으로도 도시의 때가 벗겨진다.

동기 호택

나는 온갖 재료를 사용해 요리했다. 음식의 종류는 뭐라고 특정할 수 없었다. 여러 가지 채소를 넣고 올리브유로 볶은 다음 마지막에 계란 여섯 개를 투척했다. 소금과 후추를 조금 뿌렸을 뿐인데 맛이 일품이었다. 굳이 이름을 붙인다면 계란야채 스크램블일까.

농막에서 저녁을 먹고 있자니 눈앞에 피레네의 아름다운 전경이 펼쳐졌다. 푸른 산과 밭 그리고 풀밭이 조화로웠다. 산허리에 걸린 비구름이 세차게 비를 뿌렸지만 당나귀들은 아랑곳하지 않고 풀을 뜯었다. 멀리서 또는 가까이에서 동물들의 울음소리가 들려왔다. 피레네 깊은 산속에서의 첫날. 벌써 도시의 때가 벗겨지고 있었다.

닭장과 토끼장 사이의 공터에 텐트를 쳤다. 닭장 안에서는 눈먼 개 잉카와 닭이 신경전을 벌이느라 소란이 이어졌다. 오래전부터 개와 닭은 상극이라더니 그 말이 맞는가 보다. 밤이 깊어가자 그들에게도 평화가 찾아온 듯 조용해졌다.

깊은 밤 아주 가끔씩 들려오는 동물의 거친 울음소리가 잠을 깨웠다. 그 울음소리는 앞으로 수없이 들어야 했던 호택이의 울음소리였다. 소나 말의 울음소리와는 뚜렷이 달랐다. 뱃속 깊숙한 곳으로부터 나오는 애끓는 쇳소리. 그는 이제 먼 길을 떠날 것을 알아챈 듯했다.

부디 천사를
만나지 않기를

스페인의 팜플로나에서 버스를 타고 피레네산맥을 넘어 프랑스의 생장피에드포르Saint-Jean-Pied-de-Port로 향했다. 그곳은 산티아고 순렛길 중 가장 인기가 좋다는 이른바 '프랑스 길'의 시작점이다. 내 옆자리에는 구레나룻이 멋진 사내가 앉았다. 복장으로 보아 그도 산티아고 순렛길에 나설 모양이었다.

여행길에 나섰던 2021년은 산티아고 성인의 희년禧年이었다. 의미는 잘 모르겠다. 아리츠에게 설명을 들었지만 잘 이해하지 못했다. 아무튼 희년에 카미노를 걸으면 모두 천국에 간다고 한다.

"어디서 오셨나요?"

동키 호택

옆자리에 앉은 사내가 서툰 영어로 물었다. 딱히 할 말이 없었는데 눈이 마주치는 바람에 나온 말이 분명했다.

"한국에서 왔어요. 이름은 택시라고 해요."

내 영어식 이름이 바로 택시다. 칠레를 여행하다 우연히 만난 교민이 지어준 것이다. 그가 내 이름을 묻길래 임택이라고 대답했더니 "그럼 '택 씨'라고 부르면 되겠네요?" 해서 붙은 이름이다.

"택시요? 하하, 이름이 재밌네요. 저는 존입니다. 팜플로나에서 왔죠."

외국인들은 내 이름을 듣곤 매우 재밌어했다. 당시 남미에서 「Taxi」라는 노래가 유행을 했는데 그 덕분인지 사람들은 내 이름을 잘 기억했다. 이름 하나로도 친해지는 것이 여행이다.

"존이요? 제 도노스티아에 사는 친구도 존인데."

이 말을 들은 그가 껄껄 웃으며 말했다.

"바스크 사람의 반이 존인걸요."

존은 말하는 동안 바스크라는 단어를 자주 썼다. 바스크 지방 출신이라는 자부심이 강해 보였다.

버스는 피레네의 거친 산길을 따라 휘청거렸다.

"와! 무지개다! 쌍무지개야."

누군가의 외침으로 갑자기 버스 안이 소란스러워졌다. 창밖

멀리 선명한 무지개 그것도 쌍무지개가 떴다. 버스가 방향을 바꿀 때마다 무지개도 함께 움직였다. 사람들은 무지개의 사진을 찍느라 창가에 들러붙었다. 졸다 깬 존이 말했다.

"무지개를 보면 천사를 많이 만난다던데 큰일이네요."

그가 혼잣말처럼 중얼거렸다. 내가 말을 되받았다.

"천사를 만나는 게 왜 큰일이죠?"

천사를 만나면 기뻐해야 할 것이지 왜 큰일일까? 영어가 서툰 사내는 구레나룻을 만지며 난감한 표정을 지었다.

"아무튼요."

피차 영어가 짧아서 우리의 대화는 극히 제한적이었다.

지금은 말이 잘 안 통했지만 영어가 서툰 사람끼리는 이상하게도 말이 잘 통할 때가 있다. 심지어 단짝이 되어 아무런 불편 없이 장기간 여행하는 경우도 많이 보았다.

한번은 이런 일이 있었다. 여행을 시작한 지 한 달 정도가 지났을 때 한 지역 방송국인 폰페레다 방송국에서 인터뷰 요청이 들어왔다. 이즈음 호택이와의 여행이 현지에서 대단한 호응을 얻고 있었다.

과거 이 길에는 물건을 지고 나르는 많은 당나귀가 살았다. 이곳에서의 택배 시스템을 '동키 서비스'라고 부르는 이유다. 그들에게 잊힐 뻔했던 과거의 정서를 내가 들춰낸 것이다. 덕분에 스페인 지역신문들은 물론 TV에서도 이 소식을 다투어 전했다.

인터뷰 요청이 왔을 때 든 걱정은 언어였다. 스페인어는 고사하고 영어마저도 변변찮았기 때문이다. 국가의 위신이 달린 문제이기도 해서 스페인 대사관에 통역 도움을 청했다. 며칠 후 담당 영사로부터 연락이 왔다.

"죄송하지만 폰페레다에서 통역을 해줄 만한 교민이 한 분도 안 계세요. 그런데 영어는 좀 하시지 않나요?"

세계 일주를 했다고 하니 당연히 영어 정도는 가능하지 않느냐는 말이었다.

"네, 조금요. 근데 인터뷰할 정도는 아니에요."

궁색한 내 말에 그가 확신에 찬 어투로 말했다.

"어차피 스페인 시청자들 영어 못 알아들어요. 그냥 아무 말이나 하세요."

무책임한 듯 보였던 그녀의 말이 신기하게도 내게 용기를 줬고 덕분에 무사히 인터뷰를 끝냈다. 영어가 유창했던 기자는 내게 아주 간단한 질문만 했고 나 역시 짤막한 대답을 했을 뿐인데 그녀는 아주 긴 멘트를 날렸다.

그녀가 "어디서 왔나요?"하고 물으면 나는 "한국에서 왔어요"라고 대답한다. 그러면 이 기자는 한국의 지리, 역사, 문화

등을 광범위하게 설명했다. "당신에게 카미노는 어떤 느낌인가요?" 하고 물으면 난 그저 "아름답습니다" 정도로 대답했는데 그녀의 이야기는 한참 동안 이어졌다. 그녀가 장황한 이야기를 하는 동안 나는 그저 미소를 짓고 고개를 끄덕이면 그만이었다.

그럼에도 그녀가 진행하는 8시 뉴스의 50분 중에서 무려 23분이 당나귀를 끌고 가는 내 이야기로 채워졌다.

버스가 생장피에드포르에 도착하자 사람들이 꾸역꾸역 쏟아져 나왔다. 사내가 일어나며 내게 악수를 청했다.

TAXI LIM RECORRE EL CAMINO DE SANTIAGO CON MEXI, UN BURRO DE 5 AÑOS AL QUE LLAMA DE FORMA CARIÑOSA DON QUIJOTE

| 폰페레다TV의 인터뷰에서. 이것도 국위선양이 아닌가 싶었다.

동키 호택

"당신이 천사를 만나지 않도록 기도할게요."

사내는 짓궂은 미소를 지으며 버스에서 내렸다. 약간 마음이 상했다.

'참 별난 사람이군. 천사를 만나지 않도록 기도까지 할 필요가 뭐람.'

이곳에서는 순례자를 위한 숙소를 리퓨지Refugee라고 부른다. 스페인에서는 알베르게Albergue라고 부르는데 이 또한 같은 의미로, 풀이하자면 '피난처'라는 의미다. 과거 이 길이 얼마나 위험했는지를 보여주는 잔재다.

나는 하룻밤을 지내기 위해 입구가 좁고 긴 순례자 숙소로 들어갔다. 이미 로비에는 사람들로 꽉 차 있었다.

주인은 능숙한 영어로 순례자들을 향해 무언가를 설명했다. 그의 말이 어찌나 빠르던지 나는 제대로 알아듣지 못했다. 그래서 사람들이 가끔 폭소를 터뜨릴 때마다 요령 있게 따라 웃는 시늉을 했다. 이를 눈치챈 주인이 나를 가리키며 말했다.

"한국에서 오신 분이죠? 제 말, 잘 알아듣고 계신가요?"

커닝을 하다 들킨 사람처럼 내가 머뭇거리자 그는 다시 천천히 말을 이어갔다.

"타인과 경쟁하지 마세요. 카미노는 빨리 간다고 상을 주는 길이 아닙니다. 뒤처진다고 벌주지도 않아요. 굳이 경쟁자가 있다면 바로 자기 자신일 겁니다. 힘들면 쉬었다 가고 아프면 걷기를 멈추어야 합니다. 이것만 지킨다면 고통 속에서 천사를 만날 일은 없을 거예요."

그 순간 사내가 했던 아리송한 말이 떠올랐다. 천사는 내가 큰 고통에서 헤어나지 못할 때 비로소 그 모습을 드러낸다. 그러니까 천사를 만나지 말라는 의미는 고통의 나락에 떨어지지 말라는 위로였던 것이다. 천사에 대한 인식이 조각난 석상처럼 깨져버렸다. 나는 이날부터 부디 천사를 만나지 말게 해달라는 기도를 해야 했다.

다음 날 아침, 나는 호택이 없이 홀로 피레네산맥을 넘어야 했다. 산은 가파르고 길어서 카미노를 걷는 사람들이 가장 힘들어한다는 구간이다.

동물이 국가 간에 이동한다는 것은 다소 까다로운 절차가 끼어든다. 호택이의 국적은 스페인이다. 다른 가축에게는 개별 증명서가 없지만 호택이에게는 일종의 국적증명서가 있다. 호택이가 하는 일이 사람들을 태우고 피레네 산을 오르내리는 일종의 영업용 여객 동물이어서다. 영업용 택시나 버스와 다를 바 없다. 택시가 허가된 도시를 벗어나지 못하는 것처럼 호택이도 그렇다.

호택이를 데려오지 않은 이유는 또 있다. 당나귀는 하루에

순례자를 위한 숙소 알베르게. 산티아고 순렛길의 상징물인 가리비가 보인다.

일정 거리 이상을 걷게 되면 태도가 신경질적으로 돌변한다. 그 거리가 약 15킬로미터다. 그런데 프랑스 땅인 생장피에드포르에서 피레네를 넘어 스페인의 첫 알베르게가 있는 론세스바예스Roncesvalles까지는 총 24킬로미터 거리다. 게다가 오르막길이 가팔라서 호택이를 데려왔다면 아마 굉장한 난관에 부딪혔을 것이다.

게다가 우리는 만난 지 겨우 3일이 되었을 뿐이다. 서로가 신뢰하고 의지하기에는 짧은 기간이다. 처음 보는 사람과의 여행도 고난인데 하물며 말도 통하지 않는 짐승과는 오죽하겠는가. 이를 염려하여 아리츠는 우리의 만남을 스페인 땅인 론세스바예스로 정했다.

너는 네 걱정이나
하라고

론세스바예스의 알베르게. 늦은 아침 눈을 떴다. 알베르게
의 규정상 아침 8시 전에는 모두 떠나야 한다. 마지막으로 누
군가 나가며 나를 흔들어 깨웠다. 아주 작은 틈새를 비집고 들
어온 강렬한 빛에 눈이 부셨다. 시계를 보니 8시가 훌쩍 넘었
다. 이때 나이가 많아 보이는 관리인이 들어와 큰 소리로 외쳤
다. 빨리 나가라는 소리일 것이다.

짐을 챙겨 나오자 휴대전화에 밀린 소식들이 요란하게 들어
온다. 이곳 론세스바예스 수도원의 숙소에서는 휴대전화 서비
스가 되지 않는다. 어제 프랑스 땅인 생장피에드포르를 떠나며
다짐했다. 휴대전화와 잠시 절교를 하겠다고. 나의 고독한 대

화를 끊임없이 방해하는 놈. 그렇게 사랑해왔던 휴대전화를 이렇게 매도해버렸다. 어제 하루 종일 피레네산맥을 넘으며 얼마나 자제했는지 잘 모르겠다. 휴대전화가 꺼진 것도 모르고 산을 넘는 내내 쥐고 있었다.

전원을 켜보니 나를 찾는 아리츠의 문자가 가득했다. 발걸음이 급해졌다. 웅장한 수도원을 나서자 넓은 광장이 나왔다. 짙은 안개가 광장을 이리저리 쓸고 다녔다. 멀리 안개 사이로 동물의 형태로 보이는 시커먼 물체가 어른거렸다. 호택이가 분명했다. 나는 반가움에 그를 힘차게 불렀다.

"동키이 호택아아!"

나의 외치는 소리가 온 수도원에 메아리가 쳤다. 내 목소리를 알아챈 호택이가 고개를 번쩍 들어 쳐다보리라는 것은 착각이다. 대신 주위 사람들이 느닷없는 내 행동에 놀라 나를 이상한 눈으로 쳐다보았다.

뒤에서 아리츠와 엘레나의 목소리가 들렸다.

"이봐, 택시. 첫날부터 늦잠이야?"

아리츠는 손으로 호택이를 가리키며 말을 이었다.

"쟤는 눈만 뜨면 먹는다니까? 먹는 데는 의리도 없어요."

당나귀는 배가 고프지 않아도 먹는단다. 공복 상태가 되면 무조건 배를 채우고 본다. 먹은 음식은 3일 후에나 사용할 에

| 아리츠와 엘레나에게 당나귀 돌보는 법을 배웠지만 기대 반, 걱정 반이다.

너지원이 된다고 한다.

  내가 다가가자 호택이는 놀랐는지 슬금슬금 물러났다. 하지만 목을 쓰다듬자 기분이 좋아진 듯 귀를 뒤로 뉘었다. 가끔씩 푸르르, 하고 콧바람 소리를 내기도 했다. 이건 기분이 좋다는 뜻이란다.

  "택시. 넌 말이야, 너무 걱정이 많아."

  아리츠가 갑작스럽게 말을 꺼냈다.

  "네가 처음 이곳에 와서 했던 질문들 기억나?"

  내가 기억을 더듬으며 머뭇거리자 아리츠가 재밌다는 듯 웃음을 지으며 말했다.

"당나귀가 똥을 싸면 어떻게 하냐는 질문 말이야."

처음 아리츠 농장에 왔을 때 당나귀에 대해 여러 가지를 물었다. 똥은 어떻게 치우는지, 무엇을 먹이면 되는지, 목욕은 어떻게 시키는지에 관한 것들이었다. 이러한 질문은 철저히 개를 키웠던 경험에서 왔다. 질문할 때마다 그는 귀찮다는 듯 대답을 하지 않더니 지금 그 답을 주려는 것 같다.

"당나귀는 똥을 싸면 말이야. 내버려두고 그냥 가면 돼. 혹시 도시를 지나다 싸면 근처에 있는 쓰레기통에 그냥 넣으면 된다고."

그는 호택이가 지고 있는 짐가방에서 작은 가방을 꺼냈다. 그 안에는 장난감처럼 작은 쓰레받기와 그보다 더 작은 빗자루가 들어 있었다. 마침 호택이가 싼 똥이 바닥을 뒹굴었다. 그는 쓰레받기에 똥을 쓸어 담더니 숲을 향해 던졌다. 그러고는 모든 교육을 마쳤다는 듯 내게 호택이의 목줄을 건네주었다.

"자, 그럼 행운을 비네. 잘 가."

나는 다급하게 물었다.

"아리츠! 당나귀 먹이는 어쩌고? 그리고 목욕은?"

그는 못 들은 척 동물 운송용 트럭을 향해 걸어갔다. 내가 애타게 다시 묻자 그가 돌아서며 말했다.

"택시, 당나귀 일은 당나귀가 다 알아서 할 테니까 제발 너는 네 걱정이나 하라고."

옆에서 지켜보던 아내 엘레나가 나섰다.

"아리츠, 내가 택시와 함께 조금만 걸을게요."

그녀가 이것저것 알려준 뒤에야 나는 안도의 한숨을 내쉬었다.

호택이는 어느 날 아침 이유도 모른 채 불려 나왔다. 한 번도 가본 적이 없는 마을을 지나 지금은 낯선 곳에서 풀을 뜯고 있다. 그리고 역시 낯선 사람과 함께 먼 길을 떠나야 했다. 그가 묶여 있던 표지판에는 'Santiago Compostela 790km'라고 쓰여 있었다. 마젤란이 먼 항해를 나서며 느꼈던 심정을 조금은 알 것 같았다.

내가 앞서 걷자 호택이는 아주 씩씩하게 뒤를 따랐다. 이 여행이 나에게도, 호택이에게도 혹독한 길이 될 거라는 사실을 이때는 잘 알지 못했다.

말똥 냄새 그윽한
7성급 호텔

론세스바예스를 떠난 우리는 그저 걸었다. 매일 이뤄야 하는 목표 같은 건 설정하진 않았다. 목표를 정할 수도 없다. 당나귀는 하루에 다섯 시간 이상 걷는 것은 무리라고 했다. 한 번에 두 시간 정도 걷고 쉰 다음 다시 세 시간 정도를 걸으면 일정이 종료된다. 그러니 '도착'이 아니라 '도달'이라는 표현이 어울린다. 이제 첫날인데 우리의 일정은 철저히 호택이에게 맞춰져 있었다.

이제 다섯 시간쯤 걸었으니 마을에 머물러야 했다.

작은 마을 어귀에서 한 노인이 손을 흔들며 반갑게 우리를 맞이했다. 마치 성당 신부님 같은 느낌이었다.

"이 동네에는 사람이 몇이나 살고 있나요?"

마땅히 할 말이 없어 한 질문이었다.

"62명이 사는데 방금 64명으로 늘었다우, 하하하!"

노인은 당나귀가 머물 좋은 장소가 있다며 언덕 위의 풀밭으로 데려가주었다. 그의 말대로 풀이 많고 아늑했다.

"일 년에 한두 번 파티 할 때나 사용하는 곳이라우. 이곳에 당나귀가 먹을 풀이 가득하니 파라다이스지. 아주 싹싹 먹어 치우렴. 오늘은 너의 파라다이스지만 내일은 나의 파라다이스가 되겠지."

노인은 모두에게 좋은 일이라며 껄껄 웃었다. 당나귀에게는 그야말로 파라다이스가 분명했다. 사방이 울타리로 막혀 있어서 목줄을 풀어놓아도 괜찮았다. 호택이에게는 조식이 포함된 럭셔리한 호텔이나 다름없었다.

다음 날 어찌나 많이 먹었던지 호택이의 배가 불룩했다. 덕분에 풀이 무성했던 곳이 깔끔하게 정리되었다. 사방에는 싸놓은 똥에서 무럭무럭 김이 나고 있었다. 이틀 동안의 강행군으로 나의 몸은 아직도 만신창이였지만 호택이는 콧노래를 불렀고 발걸음도 경쾌했다. 호택이는 40킬로그램에 가까운 짐을 지고 있었는데도 불구하고 오히려 내 쪽이 그를 따라잡는데 애를 먹어야 했다. 내가 속도를 내면 자기도 질세라 더욱 빠르게 걸었다.

당나귀는 다른 동물들처럼 본능적으로 주도권 싸움을 한다. 자신이 주도권 싸움에서 이겼다고 생각하면 자기 의지대로 행동한다. 이런 상황이 계속되면 당나귀를 짊어지고 가야 할지도 모른다.

나는 당나귀와 주도권 싸움을 해야 했다. 호택이가 앞서나가려고 하면 목줄을 짧게 잡고 강하게 당기거나 앞길을 막아 귀찮게 했다. 모두 아리츠가 알려준 당나귀 통제법이었다.

작은 개울 건너에 수비리Zubiri라는 마을이 보였다. 마을로 연결된 아치형 다리가 아름다웠다. 이곳에서 호택이에게 진수성찬의 기회가 또 주어졌다. 냇가에 자란 풀이 아침에 먹은 오성급 호텔의 조식과는 비교가 되지 않았다. 호택이의 컨디션은 그야말로 최상이었다.

오후 4시경 린초아인Lintzoain이라는 작은 마을에 왔을 때는 이미 다섯 시간을 넘긴 상태였다. 시간이 길어지면 호택이는 아이가 잠투정하듯 신경질을 냈다.

"호택아, 오늘은 여기서 자고 가자. 목장이 많으니까 잘 곳도 많을 거야."

오늘 저녁은 텐트를 치기로 했다. 동네 카페 주인에게 당나귀가 먹을 풀이 있는 야영지가 있는지 물어보았다. 주인은 조금만 더 가면 너른 초지가 나온다고 했다.

마을을 벗어나자 그의 말대로 넓은 초지가 나왔다. 건물이라곤 덩그러니 건초 창고 하나뿐인 탁 트인 초지였다.

"와우! 좋다. 우리 저기서 자자. 우리 호택이도 먹을 게 많아 보이네?"

짐을 내린 호택이는 주위의 풀을 뜯어 먹느라 정신이 없었다. 하늘에는 짧은 일생을 마치려는 하루살이 떼로 가득했다.

그런데 풀을 뜯던 호택이가 이상 행동을 보였다. 그렇게 좋아하던 시리얼(영양식)도 외면하더니 누런 침을 흘리기 시작했다. 뭔가 몸에 이상이 온 것이 분명했다. 다행히도 이곳은 가축을 많이 키우는 마을이었다. 누구든 한 명쯤은 당나귀를 잘 보살필 줄 알 거라 생각했다. 호택이를 끌고 다시 마을로 향했다. 이미 어둠이 깔린 마을이어서 사람 찾기가 어려웠다.

카페에도 사람이 없었다. 마침 숲속에서 한 사내가 개를 데리고 걸어왔다.

"저기요. 혹시 영어 할 줄 아시나요?"

"예, 가능한데 무슨 일이죠?"

그 남자의 이름도 존이었다.

"지금 당나귀가 아파서 도움을 청하려고 하는데 도와주실 수 있나요? 제가 스페인어를 전혀 못 해서 말입니다."

"저도 여행객이라 잘 모릅니다만……."

그때 멀리서 흰색 밴 한 대가 먼지를 일으키며 달려오고 있었다.

"잠깐만 기다려보세요. 저분께 도움을 청해보죠."

사내는 운전자와 무언가를 의논하더니 나를 불렀다. 차에서 내린 사람은 호택이의 입을 벌려 보기도 하고 배를 눌러 보기도 했다. 곧 그는 존에게 무어라 전했다.

"다행히 큰 문제는 아니라네요. 아, 그리고 이분이 말 목장을 하시는데 마침 말을 모두 다른 곳으로 옮겼답니다. 일단 당나귀를 거기서 하루 재우라고 하네요."

존은 자기 일처럼 기뻐해주었다. 우리는 호택이를 데리러 갔다. 그사이 아리츠에게 연락이 왔는데, 그의 처방도 목장 주인과 다르지 않았다. 뭘 잘못 먹은 모양이었다.

그러고 보니 낮에 길에서 사과를 준 여자가 생각났다. 그녀가 준 사과는 다소 흠이 있지만 달고 맛있었다. 사과를 맛있게 먹는 나를 보자 그녀가 크게 웃었다. 호택이에게 주라고 한 것이었는데 내가 먹었기 때문이었다. 그녀는 다시 사과 몇 개를 가져와 호택이에게 먹였는데 그게 의심스러웠다.

잠시 후 존은 풀밭에 버려두고 온 짐을 자신의 차로 실어 왔다. 짐을 내려준 뒤 그는 개와 함께 떠났다.

▎지나가던 사람에게 받은 사과가 문제였을까.

흰 수염이 멋진 목장 주인이 손수 목장 문을 열어주었다. 호택이는 텅 빈 목장에서 목줄 없이 자유롭게 돌아다녔다. 이놈은 무슨 복이 있길래 어제는 5성급 호텔에서 묵더니 오늘은 7성급 호텔, 그것도 독채에 묵는지 모르겠다. 나는 말똥 냄새 진동하는 목장의 한구석에 텐트를 쳤다. 호택이는 어둠 속에서도 걸신들린 듯 풀을 뜯었다.

다음 날 아침, 텐트 위로 무언가가 툭 떨어졌다. 지퍼를 열고 밖으로 나가니 봉지에 빵이 가득했다. 주인이 목장을 나서며 먹으라고 던진 것이다. 빵은 어찌나 딱딱한지 이빨이 부서질 정도로 단단했다. 입안에 넣고 침을 이용해 살살 눅여서 먹어도 입천장이 까졌다.

　　　　　　　　　　　　　　　　　　　　동키 호택

이때 목장 주인이 다시 돌아왔다. 내가 딱딱한 빵과 사투를 벌이는 것을 본 주인이 말했다.

"아이고! 그 빵은 당나귀 주라고 드린 거예요. 당나귀는 부드러운 빵은 먹지 못해요."

당나귀가 말라서 딱딱해진 빵을 잘 먹는다는 사실을 처음 알았다.

갑자기 내가 당나귀보다도 못한 존재라는 생각이 들었다. 잠자리도 좋은데 아침 식사마저 아메리칸 브렉퍼스트라니. 호택이가 마른 빵을 씹을 때마다 소리가 요란했다.

목장 주인은 기르던 말이 없어진 탓에 마른 빵도 필요 없게 되었다고 말했다. 그래서 새벽녘에 당나귀나 먹으라며 철조망 너머로 던진 것이 공교롭게도 내 텐트로 떨어졌고, 나는 이것을 내게 주는 줄 알고 감사한 마음으로 먹으려 한 것이다.

하긴 내가 먹기엔 빵이 좀 많이 딱딱하긴 했다. 하지만 나는 바삭거리는 식감을 좋아하는 편이어서 이 마른 빵을 호택이와 함께 먹으며 길을 걸었다.

화살표가
없는 길

　몇 명의 한국 사람들이 갈림길을 두고 갈팡질팡하고 있었다. 당연히 있어야 할 것이 없었기 때문이다. 바로 화살표가 그려진 표지판이다. 길잡이를 잃은 순례자들은 우왕좌왕했다. 다리를 건너자는 사람과 그냥 가던 길을 가자는 사람으로 나뉘어졌다.

　순렛길에는 길을 잃지 않도록 노란 화살표가 곳곳마다 표시되어 있다. 이 표시는 산티아고 데 콤포스텔라 성당에 이르기까지 이어졌다.

　이 화살표의 색이 노란 이유로 믿거나 말거나 한 이야기가 있다. 옛날 여러 갈림길에 한 성당이 있었다고 한다. 순례자들이 혼란에 빠지자 신부는 화살표가 그려진 푯말을 세웠다. 마침 성당에 쓰다 남은 노란색 페인트가 있었는데 이것이 화살표가 노란색이 된 이유라고 한다.

역사는 아주 단순한 동기에서 출발하기도 한다니까 있을 법한 일이다. 이 화살표만 따라간다면 순례자는 아무런 문제도 없이 산티아고에 이를 것이다.

그 사람들이 내게 다가오더니 물었다.

"어느 길이 산티아고로 가는 길인가요? 노란 화살표가 갑자기 사라졌거든요."

죄수들끼리 법률 상담을 한다더니 여행객인 내게 산티아고 가는 길을 묻는다.

"아무 길이나 다 산티아고로 통합니다."

하나 마나 한 이야기를 해버렸다. 사람들이 미심쩍은 듯 머리를 갸우뚱거리며 다리를 건넜다. 그들은 마을을 빠져나갈 때까지 몇 번을 망설이듯 뒤를 돌아보았다. 자동차에 내비게이션이 없으면 불안해하는 현대인처럼 말이다.

'노란 화살표가 뭐 그리 중요하담. 어디로 가나 목적지만 가면 되지.'

이때 호택이가 다리를 성큼성큼 건너갔다. 개울 건너에는 개울과 맞닿아 있는 카페가 보였다. 물과 풀이 있는 한 호택이가 이를 지나칠 리가 없다.

나는 물가 작은 나무에 호택이의 목줄을 매었다. 호택이는 낙원을 만났다는 듯 평화롭게 풀을 뜯었다. 호택이는 기분이 좋아지면 특이한 콧소리를 냈다. 흡사 코 푸는 소리처럼 들렸다. 호택이는 연신 "푸르르" 하며 콧노래를 불렀다.

나는 아침을 먹을 겸 카페 마당에 있는 테이블에 앉았다. 이 카페는 장사가 그리 잘되는 것 같지 않았다. 그도 그럴 것이 이곳에 도착하기 전 멀지 않은 곳에 수비리라는 마을이 있는데, 알베르게가 많이 있는 곳이라 순례객들 대부분이 그곳에 머물렀다.

이 마을은 수비리와 고작 한 시간 거리다. 아침 일찍 수비리를 출발한 사람들은 이곳을 그냥 지나친다. 나같이 게으른 순례자에게만 필요한 곳이다. 게다가 알베르게도 없는 마을이니 카페라고 잘될 리 없다.

그러나 오늘은 달랐다. 다리를 건너던 사람들이 호택이를 보고 발을 멈추기 시작했다. 사람들은 다리 위에 서서 호택이를 사진에 담느라 분주했다.

시간이 지나면서 사람들이 더욱 많아졌다. 사람들 일부가 카페로 들어와 자리를 채웠다. 보이지 않던 카페 주인이 언제 왔는지 허둥대며 손님을 맞이했다. 오전 10시가 넘어갈 무렵에는 카페에 앉을 자리가 없을 정도였다.

사람들은 호택이를 쓰다듬기도 하고 풀을 뜯어다 입에 대기도 했다. 이럴 때마다 호택이는 기분이 좋은지 연신 코 푸는 소리를 냈다. 어떤 사람들은 호택이의 등과 귀를 만지기도 했다. 점점 더 많은 사람이 호택이에게 몰려들었다. 뒷발에 치일지도 모르지만 사람들은 아랑곳하지 않았다. 이런 행동을 하는 사람들은 대부분 스페인 사람이다. 동양 사람들은 아예 얼씬도 하지 못한다.

당나귀에 다가가려면 예비동작이 있다. 먼저 일정한 거리까지 다가가 주먹을 내민다. 그러면 관심을 보인 당나귀가 머뭇대며 다가와 냄새를 맡는다. 탐색을 끝낸 당나귀가 머리를 돌리면 첫인사는 끝난다. 다음은 귀에 손바닥을 가만히 대어본다. 당나귀가 두 귀를 나란히 뒤로 젖히면 모든 절차가 끝난다. 이런 절차가 끝난 사람은 당나귀로부터 뒷발에 치일 일은 걱정하지 않아도 된다. 이것을 스페인 사람이라면 모르는 사람이 없다.

물론 그렇다고 당나귀가 모든 행동을 허용하는 것은 아니다. 친밀감에도 등급이 있다. 당나귀의 가장 예민한 곳은 귓속이다. 사람처럼 귀지가 붙어 있어서 떼어주면 시원해하지만, 귓속에 손을 넣는 일에는 굉장한 친분이 요구된다.

60

당나귀는 소리에 매우 민감하다. 길을 가다 갑자기 발길을 멈추고 귀를 바짝 세우고 있다면, 그 원인은 소리일 때가 많다. 이럴 때면 나도 발을 멈추고 가만히 귀를 세웠다. 새 소리, 풀숲에서 나는 벌레 소리. 아무리 작은 소리여도 당나귀는 놓치는 법이 없다. 호기심이 해소되면 당나귀는 가던 길을 거침없이 간다.

커피 한 잔과 샌드위치를 주문한 지 한 시간이 훌쩍 넘었다. 정오가 다 되었을 때 한숨 돌린 주인이 다가왔다.

"저 당나귀는 당신의 당나귀인가요?"

나는 호택이가 싸놓은 똥 때문에 묻는다고 생각했다. 잘 빚은 떡처럼 탐스러운 똥이지만 주인의 생각은 다를 것이다. 나는 대답 대신 잽싸게 말을 바꿨다.

"그런데 제가 주문한 건 안 나오나요?"

"아, 죄송합니다. 사람들이 너무 많아서 깜빡했네요."

그가 겸연쩍은 윙크를 보내며 부엌으로 향했다. 잠시 후 그는 쟁반에 소고기 스테이크와 감자튀김 그리고 빵을 가지고 나왔다. 내가 주문한 메뉴가 아니었다. 놀란 표정을 짓자 그가 웃으며 말했다.

"저렇게 예쁜 당나귀는 처음 본답니다. 이것들은 서비스로 드리는 거예요."

이어서 그의 부인인 듯한 여자가 커피를 내오며 말했다.

"오늘 저녁에 바비큐와 와인 파티가 있는데 그거 드시고 가세요. 잠은 여기서 주무셔도 돼요."

오늘 아침 호택이 덕분에 재미를 톡톡히 보았다. 나도 호택이 덕분에 식사를 대접받았다. 저녁 파티까지 초대받았지만 우리에겐 갈 길이 멀었다.

부인은 마른 빵을 들고 호택이에게 다가갔다.

"당나귀는 마른 빵을 아주 잘 먹어요. 특식이랍니다."

나는 점점 호택이에 대해 알게 되었다. 특히 당나귀에게 뭘 먹일지 걱정할 필요는 전혀 하지 않아도 된다는 점. 적어도 이 길에는 당나귀가 먹을 것이 차고 넘쳤기 때문이다.

호택이가 파리와 싸우기 시작한 걸 보니 배가 부른 모양이었다. 이제 떠날 시간이다. 당나귀는 배가 부르면 일을 해야 하는 습성이 있다. 그의 일이란 바로 걷는 것이다.

우리의 발걸음이 왠지 빨라졌다. 남들과 경쟁하지 말라던 알베르게 주인의 당부는 마음 어디에도 없다. 하루를 지체했다는 생각에 마음이 초조해진 탓이다. 경쟁자가 뚜렷하지 않은 상황인데도 말이다. 늘 무언가에 쫓기듯 살아야 보람을 느끼는 존재로 살아왔기 때문일까.

마을을 나서자 넓은 풀밭이 펼쳐졌다. 하늘에는 하루살이

동키 호택

떼가 날아올라 장관을 연출했다. 하루를 살아 하루살이라는 이름을 가졌다니 웃음이 났다. 그들은 그 짧은 시간에 태어나고 성장하고 후세를 남긴다. 이 얼마나 고귀한 하루란 말인가.

사람 여럿이 마주 오고 있는 것이 보였다. 조금 전에 길을 물어보았던 사람들이다.

"아니, 왜 다시 돌아오시나요?"

"이 길에는 화살표가 없습니다. 길을 잘못 왔어요."

지도를 보니 다음 마을을 지나면 순렛길과 만나게 되어 있었다.

"마을을 지나서 조금만 가면 화살표가 있을 거예요. 거기서 화살표를 따라가면 되지 않을까요?"

사람들은 나를 지나치며 말했다.

"이 길은 순렛길이 아니에요. 돌아가셔야 해요."

그들은 내가 지나온 길을 따라 총총히 걸어 마을 쪽으로 사라졌다.

어느덧 순렛길이 성지보다 더 중요한 존재가 된 모양이다.

"호택아, 성지로 가는 길이 정해져 있나 봐, 그치?"

우리는 잘못 들어선 길을 따라 계속 걸어갔다.

다가갈수록
높아지는 마을

    나는 3일이 지나도록 호택이와의 소통에 성공하지 못했다. 아무리 동물이라고 해도 3일이면 간단한 소통은 가능하지 않을까 싶었는데 말이다. 심지어 오늘 아침엔 내가 스페인어로 "올라(Hola, 안녕)"하고 인사까지 했는데 모른 척 풀만 뜯었다. 나는 더 적극적으로 그의 고향 언어인 바스크 말로 "에그눈(안녕)"이라고 했으나 반응은 차가웠다. 혹시 머리가 나쁜가 싶었지만 그건 절대 아니다.

    적어도 먹는 일에 있어서는 초능력 같은 천재성이 있다. 일단 풀을 부드러운 입술로 모아 문 다음 튼튼한 이빨로 뜯어 입속에 넣는다. 일단 입에 들어간 풀은 혀에서 생사가 갈린다. 먹

동키 호택

어서는 안 될 풀이나 흙 또는 벌레, 심지어는 독초까지 귀신같이 골라낸다.

당나귀의 이빨 구조는 아주 특이하다. 양쪽 볼 부근에 어른 손가락이 들어갈 정도의 공간이 있는데 여기엔 이빨이 없다. 대문 옆에 개구멍이 난 격이다. 이 공간으로 먹어서는 안 될 것들이 배출된다. 기가 막힌 구조다. 이 검색대를 통과한 풀은 매우 안전하다.

게다가 한 번 시험을 통과한 풀은 호택이의 뇌에 새겨졌다. 한 번만 합격하면 다시는 검사하는 일이 없었다. 이것만 봐도 당나귀를 바보라거나 어리석다고 할 수 없다.

큰 도시인 팜플로나 시내에서 길을 잃었다. 그때 하늘에서 천사의 목소리가 들렸다.

"그 길은 순렛길이 아니에요! 이쪽 길로 가야 해요!"

이 소리가 어찌나 크던지 호택이가 경기를 일으킬 정도였다. 하늘을 올려다보니 빨래를 널던 아주머니가 길을 알려주려고 소리를 지르고 있었다. 아무튼 천상의 목소리를 듣긴 했다.

이 도시에서는 매년 7월에 소몰이 축제로 알려진 '산마르틴 축제'가 열린다. 며칠 동안 굶겨 약이 바싹 오른 소를 골목에 풀어놓는다. 이때가 되면 사람들은 축제 기간에 죽은 사람들의

▌팜플로나에서는 매년 소몰이 축제가 열린다. 성난 소를 골목에 풀어놓아 사람이 다치거나 죽기도 하지만, 논란 속에서도 뜨거운 열기를 자랑하는 축제다.

이야기를 하며 즐거워한다. 소에 밟혀 죽은 사람, 깔려 죽은 사람, 달려든 소에 놀라 먹던 초리조가 목에 걸려 죽은 사람, 목책 위에서 웃다가 떨어져 죽은 사람, 그걸 보며 웃다 죽은 사람. 다양한 죽음은 이 도시만의 자랑이라면 자랑거리다. 팜플로나의 사람들에겐 그들만의 낭만이 있었다.

그 낭만의 덕을 톡톡히 본 사건이 일어났다. 어제 팜플로나 시내를 지나며 호택이가 매우 불안한 감정을 나타냈다. 확실히 알 수는 없지만 아마도 촌놈이라 그랬을 것이다. 피레네의 산골에서 살다가 처음 보는 도시의 환경에 겁을 먹은 것일 수도 있다.

도시는 많은 사람과 차량으로 시끄럽다. 소리에 민감한 호택이에게는 견디기 힘들었을 것이다. 호택이는 신경이 곤두서면 묽은 똥을 싼다. 나를 긴장하게 만드는 것은 이것이 언제 발사될지도 모른다는 점이다. 언제 분화할지 모르는 화산처럼 호택이의 고유한 권리다.

그렇다고 해서 사전 징조가 전혀 없는 것은 아니다. 항문이 팽배해지고 꼬리를 하늘로 쳐들면 그때다. 이 신호는 그가 방귀를 뀔 때와 닮았다. 내내 항문을 지켜볼 수 없으니 사전에 발견하는 일이 어려울 뿐이다.

도시를 거의 벗어날 즈음 우리는 길을 건너려고 신호를 기다리고 있었다. 횡단보도 가까이에 있는 식당에서 사람들이 밝은 햇살을 받으며 식사하는 중이었다. 호택이와 내가 나타나자 사람들은 휴대전화를 꺼내 사진을 찍느라 소란스러워졌다. 우리가 서 있는 바로 옆 테이블에 화사하게 옷을 입은 여자 일행들이 있었다. 그중 한 여자가 호택이의 엉덩이를 쓰다듬었다. 문제 행동이다. 호택이가 엉덩이를 씰룩대더니 꼬리를 하늘로 쳐들었다. 그때다.

"똥!"

나는 급한 마음에 한국말로 외쳤다. 여자들의 발밑으로 똥이 발사되었다. 게다가 묽은 똥이었다. 흰 치마에 똥이 튀었다. 대참사다. 나는 어찌나 당황했는지 손짓 발짓을 동원해 여자에게 미안함을 전했다. 사고는 호택이가 쳤는데 사과는 내가 하고 있다.

이런 상황에서도 사람들은 더 깔깔대고 웃었다. 옷에 똥이 묻은 여자도 무엇이 좋은지 자지러질 정도로 웃으며 수건으로 옷을 닦았다.

곧 식당 종업원으로 보이는 사람이 빗자루와 쓰레받기를 들고 뛰어나왔다. 그는 덤덤하게 똥을 쓸어 담더니 길가의 쓰레기통에 넣었다. 이 와중에도 호택이는 왜 그러냐는 듯 가만히 서 있었다.

동키 호택

사람들은 괜찮다며 '부엔 카미노'를 외쳤다. 아직 그 말의 의미를 몰랐던 내가 덩달아 '부엔 카미노'를 외치자 사람들이 배꼽을 잡고 웃었다. 알고 보니 부엔 카미노는 '좋은 길'이라는 뜻으로, 좋은 여정이 되길 바란다고 순례자들에게 건네는 인사말이었다.

허겁지겁 도심을 지나온 우리는 황량한 벌판을 마주했다. 추수가 이미 끝난 뒤여서인지 벌판 어디에도 일하는 농부는 없었다. 지대가 낮은 벌판의 마을이 눈 아래에 펼쳐졌다.

"야, 호택아, 저기 보이는 마을까지 금방 가겠지?"

벌판 건너 마을이 손에 잡힐 듯 가깝게 보였다. 맑은 공기가 벌판의 길이를 마음대로 줄여놓았다. 개미지옥에 들어선 개미처럼 우리는 힘겨운 늪에 발을 들여놓았다.

여름이 물러간 10월의 스페인. 아직도 태양은 대지를 태워버릴 듯 이글거렸다. 쉬어갈 나무 한 그루조차 보이지 않았다. 게다가 발아래로 보였던 마을은 다가갈수록 점점 하늘로 올라갔다. 벌판 가운데에 이르렀을 때 마을은 산성처럼 높아 보였다.

갈증은 우리의 대화를 막아버렸다. 주로 내가 말하고 호택이는 듣기만 했다. 호택이의 숨소리가 거칠어졌다. 마을로 향하는 오르막길이 아득하게만 보였다. 한 발 한 발 사력을 다했다. 어느덧 손에 잡힐 듯 마을이 다가왔다. 우리는 물 한 모금 마시지 못한 채 꼬박 네 시간을 걷고 있었다.

이제 불과 500미터도 남지 않은 고지에 이르렀을 때였다. 호택이의 숨소리가 거칠어지더니 코에서 콧물이 질질 흘렀다. 나도 힘들기는 마찬가지였다. 그런데 호택이가 길에 딱 멈춰 서버렸다. 당나귀 가문의 그 유명한 '고집'이 발동한 것이다.

'나는 더 이상 못 가겠어. 가려면 너나 가.'

벌써 십여 분을 달래고 협박하고 끌어당겨 봤지만 요지부동이었다.

'이게 당나귀 고집이군. 누가 이기나 해볼까?'

목줄을 잡아당기고 회초리로 매섭게 때려도 봤지만 소용없다. 그때마다 호택이는 고개를 치켜들며 완강하게 버텼다. 나는 시리얼을 충분히 먹인 뒤 풀을 뜯도록 내버려두었다. 그렇게 한참의 시간이 흘렀다.

어쩌다 지나가는 사람에게 물을 구걸했으나 가져온 물이 없다며 지나갔다. 다행히 어떤 사람이 물병을 꺼내더니 호택이에게만 주고 그냥 가버렸다.

'이런 젠장. 나도 좀 주지.'

이때 멀리서 동네 아이들로 보이는 두 명의 어린이가 다가왔다. 이들은 호택이에게 다가가더니 다정하게 쓰다듬으며 속삭였다. 그의 행동은 흡사 어린아이를 달래는 것 같았다.

나는 당나귀 등에 짐을 다시 실었다. 다행히도 호택이는 다시 걷기 시작했다. 아이들의 다정함에 감동했는지 아니면 충분한 휴식을 취해서인지 모를 일이지만 다행한 일이었다.

멀리서 보았던 이곳은 사리케기^{Zariquegui}라는 마을이었다. 이미 어둠이 깔렸다. 동네는 작고 아담했다. 동네 입구에는 '산 안드레스'라는 교회가 있다. 교회 옆에 마침 작은 공원도 있다. 수도 시설까지 있으니 머물기에 아주 좋았다.

날이 저물자 저 멀리 벌판 너머의 팜플로나는 별나라가 되었다. 텐트를 치고 호택이를 자유롭게 풀어놓았다. 이때 한 순례자가 무척 힘든 모습으로 언덕을 올라왔다. 나는 물을 건네며 그에게 물었다.

"와! 오느라 힘드셨죠? 근데 저기서 여기가 몇 킬로미터나 되나요? 한 5킬로 정도 될까요?"

그가 눈을 동그랗게 뜨며 대답했다.

"아이고, 10킬로는 넘을걸요. 물이 없어서 아주 힘든 구간이죠."

"10킬로요? 그렇게 멉니까?"

내가 깜짝 놀라자 그가 말을 이었다.

"벌판에서는 거리가 가까워 보이죠. 사막처럼 말이에요."

사막의 신기루 같은 현상이 벌판에도 있다는 말이다. 물을
마신 남자는 늦었다면서 가던 길을 재촉했다.

"부엔 카미노."

"부엔 카미노!"

이윽고 호택이와 놀던 아이들도 골목으로 사라지자, 마을은
적막 속으로 빠져들었다.

호택이는
슈퍼스타

아침이 되었다. 동이 채 뜨지도 않았는데 사람들의 발걸음
이 이어졌다. 우리가 텐트를 친 작은 공간에는 두 개의 나무로
만든 탁자가 있었다. 이곳까지는 계속 오르막길인 곳이라 사람
들이 잠시 앉아 쉬어가기에 좋은 곳이다. 게다가 마실 물과 작
은 식품점까지 있다.

우리 호택이는 길가에서 풀을 뜯느라 여념이 없다. 그가 세
상에 태어난 것은 오직 먹기 위해서가 분명했다. 가끔은 입맛
이 없다던가 아니면 입에 맞는 풀이 없을 법도 하건만, 호택이
는 예외인 듯했다. 눈을 뜨고 있는 한 먹고 걷는 것 외엔 아무
것도 없다.

아침을 먹기 위해 불을 지폈다. 작은 캠핑용 프라이팬에 양파와 쉬기 직전의 돼지고기 몇 점을 올렸다. 이어서 마늘을 넣고 올리브유와 소금도 뿌렸다. 맛은 어떨지 몰라도 냄새만큼은 일품이다.

호택이와 내가 먹는 것이 다르다는 것은 참으로 다행한 일이었다. 매끼 각자의 먹이는 각자가 해결하니 편했다. 내게 아무리 맛있는 음식이라도 그에게 빼앗길 일은 없다. 서로의 입맛이 다르다는 것만으로도 우리는 좋은 친구가 될 것이라고 믿었다.

벌판을 가로질러 버스 한 대가 마을로 들어왔다. 팜플로나에 있는 학교를 오가는 통학 버스였다. 아이들을 가득 태운 버스는 다시 오던 길을 따라 이리저리 벌판을 맴돌더니 도시의 어딘가로 사라졌다.

아침밥을 먹으려는데 동네 사람으로 보이는 한 사내가 찾아왔다. 그의 손에는 호박과 가지 서너 개가 들려 있었다. 그는 테이블에 가져온 채소를 놓더니 말했다.

"오늘 하루 여기서 더 머무시면 안 될까요?"

낯선 사내의 갑작스러운 제안에 이유를 물었다.

"아이들이 당나귀를 다시 보게 해달라고 어찌나 조르던지. 오후 3시면 아이들이 학교에서 돌아옵니다."

어제 호택이를 만났던 아이들의 아버지였다. 어제저녁 아이들이 식탁에 앉아 온통 당나귀 얘기만 했다는 것이다. 게다가 당나귀를 다시 만나게 해달라며 간절한 기도까지 올리고 잤다고 했다. 내 눈빛이 흔들리자 그가 때를 놓치지 않고 말했다.

"혹시 제가 도와드릴 일이 없을까요? 배터리가 많으시군요. 몽땅 충전해드릴게요. 그리고 와인하고 으흠, 치즈도 드리면 어떨까요?"

마치 유능한 보험판매원 같았다. 그는 호택이가 묶여 있는 성당의 담벼락을 가리키며 말을 이었다.

"아, 그리고요, 저 성당은 아주 유명한 곳입니다. 미국의 영화 〈The Way〉를 촬영한 곳이에요. 저기 사람들이 앉아 있는 저 자리가 영화에서 아들을 잃은 아버지 톰 그러니까 어, 배우 마틴 신Martin Sheen이 앉았던 그 자리랍니다. 산티아고 길 중 최고의 핫 플레이스라고요."

그러더니 갑자기 잽 펀치를 날려 내 마음을 흔들었다.

"자식을 위해서라면 무슨 일이든지 해야 하는 게 부모잖아요?"

그의 부탁을 거절한다면 나는 개념 있는 문화인도, 아이를 사랑하는 부모도, 그 무엇도 아닐 것 같다는 생각이 들었다.

정신을 차렸을 땐 이미 그의 손에 방전된 배터리들이 잔뜩

동키 호택

들려 있었다.

"그럼 오후에 아이들과 함께 올게요."

그는 배터리를 들어 보이더니 골목을 따라 사라졌다. 담보물까지 챙겨 갔으니 꼼짝없이 하루를 더 머물게 됐다. 한편으로는 어제의 피로가 남아 있으니 다행이라는 생각도 들었다.

여행은 계획한 대로 되지 않는다는 점에서 인생과 닮았다. 생장피에드포르를 떠난 지 며칠이 되지 않았는데 벌써 여러 변수가 생겼다.

마을을 지나면 바로 언덕길로 이어진다. 이른바 '용서의 언덕'이다. 언덕 정상에는 쇠로 만든 조형물이 있다. 내가 이번 여행길에 오른 것은 이 조형물 때문이기도 했다.

열두 명의 사람들이 말, 당나귀와 함께 순롓길을 걷는 모습. 이들 중 나는 당나귀에 집중했다. 말은 주인을 태우고 다니므로 언제나 기세등등했을 것이다. 종들은 말을 주인처럼 극진하게 보살폈을 것이다.

하지만 당나귀는 그저 짐꾼일 뿐이다. 당나귀에게는 뒷배를 봐줄 사람이 없다. 묵묵히 짐을 지고 걸으며 길가의 풀을 먹고 적당한 곳에서 잠을 자야 한다. 우리네 역사에서 인정받지 못해도 덤덤히 살아왔던 민초처럼.

▌용서의 언덕에 있는 순례자 조형물. 이곳에 있는 당나귀를 보고 우리의 여행이
시작됐다.

오후 3시가 되자 도시를 빠져나온 버스가 먼지를 일으키며 마을로 다가왔다. 버스에서 내린 아이들이 언덕을 향해 쏜살같이 달려왔다. 온 동네가 당나귀 한 마리 때문에 소란스러워졌다.

사랑을 빼앗긴 강아지 한 마리가 악을 쓰며 호택이에게 대들었다. 그 강아지는 영문도 모른 채 어린 주인에게 야단을 맞아야 했다. 나는 이날 스페인 사람들에게 당나귀가 어떤 존재인가를 조금씩 알아차렸다.

저녁이 어스름해지자 아이들은 부모의 손에 이끌려 집으로 돌아갔다. 다시 밤이 찾아왔다. 아이들이 한바탕 소란을 피울 때도 호택이는 묵묵히 풀을 뜯었다. 어떤 때는 먹을 풀이 없어도 습관적으로 무엇인가를 뜯는 것 같다.

이 마을에서 만난 브라질 청년 페드로에 대한 이야기를 빼놓을 수 없다. 아이들이 물러가고 가로등의 불이 들어올 무렵, 언덕 멀리 한 사람이 걸어왔다. 다소 무거워 보이는 배낭을 멘 청년이었다.

나는 아이의 아버지가 가져다준 소시지와 치즈를 곁들여 와인을 마실 참이었다. 그는 내게 텐트를 쳐도 되느냐고 물었고, 나는 무엇이 문제냐며 반겼다. 뚜렷한 눈썹과 시원한 구레나룻이 멋진 청년이었다.

텐트를 치자 그는 비닐 주머니를 이용해 물을 길어오더니 나무 밑에서 샤워를 했다. 그는 탐날 정도로 단단한 몸매의 소유자였다.

호택이를 본 그가 물었다.

"당신과 함께 산티아고까지 가는 중인가요?"

나는 와인 대신 커피를 건네며 대화를 이어 나갔다. 내 이름이 택시라고 하자 그가 웃으며 물었다.

"그럼 저 당나귀 이름은 뭐랍니까?"

"동키 호택이에요. 호택."

페드로는 또다시 웃음을 터뜨렸다.

그가 저녁거리로 스파게티를 만들기 시작했다. 재료라고는 달랑 세 가지뿐이었다. 파스타 면, 작은 꽁치 통조림 그리고 닭고기 스톡. 그것만으로 작은 여행용 스토브 위에서 그럴싸한 냄새가 나는 해물 스파게티가 만들어졌다.

"매일 걸어야 할 때는요, 단백질 중심의 음식보다는 칼로리 중심의 음식을 먹어야 해요. 탄수화물이 많은 스파게티는 그중에 제일이죠."

내가 갖은 재료를 섞어 만들었던 국적 불명의 음식과는 달랐다.

"제 여행의 한 달 예산은 60유로랍니다."

그가 뜬금없이 말했다. 산티아고 순롓길을 걸으며 쓸 돈이 60유로란다. 하루에 쓸 돈이 겨우 2유로다. 5천 원도 안 되는 돈으로 하루를 버티는 셈이다.

그의 설명을 들어보니 이해가 됐다. 일단 길에서 잠을 자고 마시는 물은 공짜다. 목욕도 비닐 주머니에 물을 담아 길에서 한다. 돈이 들어갈 일이란 오직 먹는 것뿐이다. 오늘처럼 나 같은 사람을 만나면 와인도 마실 수 있다.

60유로로 산티아고 길을 완주하려는 그의 계획은 이렇다. 6끼 먹을 수 있는 파스타 면 한 봉지가 70센트 정도다. 스톡은 1유로짜리를 사면 20끼 정도를 먹을 수 있다. 여기에 꽁치 통조림을 먹는 건 호사다. 작은 캔 6개로 된 묶음 통조림이 1.43유로다. 얼추 계산해봐도 한 끼에 60센트가 넘지 않았다.

그의 목표는 60유로만 가지고 산티아고 800킬로미터를 완주하는 것이다. 그는 자신이 만든 파스타를 먹으며 영상 촬영을 하기 시작했다. 그는 작곡가이며 13만 명의 인스타그램 팔로워를 가진 사람이었다.

"브라질에는 직업을 갖지 못한 청년들이 아주 많아요. 저는 그들에게 돈이 없어도 여행을 다닐 수 있다는 메시지를 전하고 싶어요."

팬데믹에서 어려운 청년들을 응원하기 위한 그만의 특별 이벤트였다.

"그런데 페드로, 너보다 더한 놈이 있어."

"누구죠?"

나는 호택이를 가리키며 말했다.

"저놈. 예산이 아예 없다니까. 쟤는 하나님에 대한 신앙이 확고하지. 무엇을 먹을까 무엇을 입을까 걱정하지 말지어다!"

그 뒤 여행을 마치고 1년이 흐른 어느 날, 그에게서 음성 메시지가 왔다. 그가 또렷한 한국말로 말했다.

"택시, 나 너 보고 싶다."

한 달 예산 60유로의 짠돌이가 한국에까지 올 모양이다.

"환영해, 페드로. 한국에 오면 먹고 자는 건 걱정하지 마."

마법에 걸린 듯 속에도 없는 말을 해버렸다.

나도
슈퍼스타

오늘의 목표는 이라체Irache라는 도시까지 가는 것이다.
19킬로미터를 걸어야 하는데 하루 평균 15킬로미터가 목표인
우리에게는 다소 먼 거리다. 이라체 부근은 와인으로 유명한
지역이라 들판에는 다양한 품종의 포도나무가 많이 재배되고
있다. 포도의 달콤한 유혹도 있었지만 순례자의 품위를 위해
꾹 참고 걸었다.

벌판을 가로지르는데 두 갈래의 길이 나왔다. 노란 화살표
는 오른쪽 길을 가리켰다. 화살표가 있는 길은 벌판과 산을 휘
감아 돈 다음 마을로 연결되어 있었다. 하지만 다른 길은 마을
앞까지 똑바로 이어져 있어 갈등이 생겼다. 순렛길과 질러가는

길이 한눈에 파악되다 보니 꾀가 났다.

나는 호택이와 합의를 보기로 했다.

"모든 길은 결국 산티아고 성지로 통하잖아? 꼭 화살표만 따라가란 법은 없어, 그렇지?"

호택이는 내 말을 알아들었는지 화살표가 없는 길로 들어섰다. 우리는 지정된 순롓길을 벗어나 포도나무가 무성한 들판으로 들어섰다. 길을 벗어났다는 쾌감이 살짝 느껴질 즈음 길가에 포도나무 한 그루가 덩그러니 서 있는 것이 보였다.

"와! 포도나무다."

포도나무에는 알이 앵두만 한 포도가 잔뜩 달려 있었다. 이 포도나무 옆으로는 밀밭이 있었는데 전에는 포도밭이었던 모양이다.

"호택아, 이건 우리처럼 목마른 이를 위한 선물일 거야."

어떻게 생각하던지 그건 자유다. 포도 한 송이를 따서 입에 넣었다. 꿀맛이다. 호택이 입에도 한 송이를 투척했다. 갈증이 해소되었다. 몇 송이를 더 따 호택이 등에 얹어놓았다. 저녁이 되면 건포도가 되어 있을지도 모르겠다며 키득거렸다.

"이 정도만 가지고 가자. 나머지는 다른 사람들 몫으로 남겨두고."

이 정도의 의식이면 순례자의 기본이 된 거다. 다시 길을 가

동키 호택

는데 포도밭에서 인부들이 포도를 따느라 여념이 없었다. 멀리서 당나귀가 나타나자 포도를 수확하던 인부들이 포도밭에서 뛰쳐나왔다.

"부엔 카미노, 부로(burro, 당나귀)!"

이들은 양동이에 포도를 잔뜩 담아 들고나와 호택이에게 먹이려고 했다. 단맛은 사람에게나 당나귀에게나 즐거움을 준다. 그러고 보니 아리츠가 포도밭을 지날 때 포도를 먹지 못하게 하라고 했었다. 이유는 모르지만 아무튼 신신당부를 했다.

"안 돼요. 당나귀가 먹으면 탈이 난답니다."

나는 인부들에게 배를 움켜쥐며 어설픈 변명을 둘러댔다. 농부는 아랑곳하지 않고 호택이의 입을 벌리더니 치아를 살펴보았다. 농부는 검지를 좌우로 흔들며 말했다.

"포도를 먹이면 안 되겠어요."

이유는 알 수 없었다. 대신 그는 바구니에서 포도를 꺼내 호택이의 짐받이 위에 올려놓았다. 갑자기 포도 부자가 됐다.

호택이는 갑작스러운 일로 당황하는 것 같았다. 길을 조금 벗어났을 뿐인데 전혀 예상치 못한 일이 벌어졌다.

"길에 가다가 목이 마르면 포도를 따 드세요."

"포도를 함부로 따 먹어도 됩니까?"

"그럼요. 당신이 먹어봐야 얼마나 먹겠어요. 하하하!"

벌판을 가로질러 오면서 한바탕 소동을 치러야 했다.

마을을 지나 비야투에르타^{Villatuerta}라는 마을로 들어섰다. 마침 버너 연료와 먹을 것을 사러 슈퍼마켓을 들러야 했다. 슈퍼마켓은 마을 중심에 있어서 호택이가 오방떡 세례를 할까 걱정이 되었다. 나는 호택이를 끌고 마을 성당으로 향했다. 성당 마당에 잠시 묶어놓을 생각이었다.

성당 뜰에 들어서니 대화를 하던 두 노인이 내게 다가왔다.

"나, 나, 다, 당신, 아, 알아요. 시, 신문에서 바, 봤어요."

노인이 말을 몹시 더듬으며 영어로 말했다. 영어가 서툰 나에게 오히려 이런 영어가 더 잘 들렸다.

"아, 며칠 전에 바스크의 지역 신문에 나왔어요."

아리츠의 농장이 있는 레이차를 방문했을 때 지역 신문 기자와 인터뷰를 한 적이 있는데, 아마도 그 신문을 보고 한 말이라고 생각했다.

"아, 아니에요. 오, 오늘 시, 신문에 나왔어요."

그러더니 바스크 신문이 아니라 나바라 신문에 나왔다고 말했다. 나바라는 바스크를 포함하는 광역권을 의미한다. 우리도 모르는 사이 여러 신문에 우리의 이야기가 실리고 있었다.

"다, 당신들 유, 유명한 사, 사람들이에요."

스페인 사람들은 우리나라와는 달리 지역 신문에 큰 애착을

PEREGRINO COREANO (P-26)

¿MOCIÓN DE CENSURA?
EVA GARCÍA DE LA TORRE
(PSDEG) DIMITIÓ COMO
ALCALDESA DE O PORRIÑO
Y AHORA SE NEGOCIARÁ
CON EDILES DE EU SON

PRIMER PASO | PÁGINA 12

ESCRITOR COREANO
LIM TAXI PEREGRINA PARA
CONTAR SU PECULIAR
AVENTURA JACOBEA
JUNTO A UN ASNO AL QUE
LLAMA 'DON QUIJOTE'

VIAJE PECULIAR | PÁGINA 26

MANUEL RUIZ RIVAS
DÍA REDONDO DEL ALCALDE
CON LA VARIANTE MÁS
CERCA Y LA FIRMA DEL
CONVENIO PARA UNA
NUEVA RESIDENCIA

RIBEIRA | PÁGINAS 30 Y 34

elCorreoGallego

OLES 24 NOVIEMBRE 2021 Director JOSÉ MANUEL REY NÓVOA   Fundado en 1878   www.elcorreogallego.es   Nº 50.523

nanciación para atajar los

No
ant
ho

▌ 여러 신문에 실리면서 우리는 단숨에 카미노의 유명인이 되었다.

느끼고 있다. 이러한 문화는 극단적인 지역주의와 무관하지 않다. 지역 신문 역시 지역 편파적 보도를 일삼는다. 축구 경기의 경우 상대 팀에 대한 편파보도는 노골적이다. 이번 맞붙을 상대 팀의 주전 멤버가 뛰지 못해 다행이라는 등 다음 시합 때까지 부상이 낫지 않았으면 좋겠다는 등 지역민에게 듣기 시원한 기사를 내니 어찌 사랑을 받지 않으랴.

얼마 지나지 않아 수도꼭지에서 포도주가 나온다는 이라체에 들어섰다. 시내를 지나는데 과일가게가 나왔다. 우리를 본 여주인이 화들짝 놀라며 "부로"를 외치며 뛰쳐나왔다. 그녀의 갑작스러운 행동에 나도 놀랐다. 그녀는 가지고 나온 신문을 활짝 펴더니 우리 사진이 들어간 기사를 보여주었다. 이곳에서는 과일가게에서도 신문도 팔았다. 그녀는 무언가 알아듣지 못할 말로 일장 연설을 하더니 내가 산 신문을 비닐봉지에 넣어주었다.

이것으로 끝난 것이 아니다. 잠시 후 로터리가 나왔다. 풀이 무성해서 호택이가 점심을 하기에 좋아 보였다. 짐을 내리고 우리도 점심을 먹기 위해 풀밭에 앉았다. 그런데 지나가는 차들이 잠시 멈추더니 '엄지척'을 하기도 하고 경적을 울리기도 했다. 이들의 뜻 모를 행동으로 교통체증이 생겼다. 여러 신문에 실리다 보니 많은 사람이 우리를 알아본 것이다.

길을 가던 시민들도 멈추기 일쑤였다. 당나귀와의 순례 여행은 이곳 사람들에게도 이례적인 것 같았다. 이즈음 우리의 이야기는 카미노 전역에 퍼져가고 있었다. 지나던 사람들이 중계방송하듯 우리에 관한 이야기를 전했다.

유명인이 되었다는 흥분을 안고 이라체 수도원에 도착했다. 이 수도원 입구에 양조장이 보였고 철문 안에 수도꼭지 두 개가 보였다.

"호택아, 우리 물 마시고 가자."

그런데 왼쪽 수도꼭지가 붉게 물들어 있었다. 말로만 듣던 포도주가 나오는 수도꼭지였다. 시원하고 상쾌한 와인이 목을 타고 흘렀다. 이런 좋은 이벤트를 통해 수도원의 존재와 와인이라는 상품을 알리는 것이다.

수도원을 지나자 제법 큰 집 몇 채가 나란히 있었다. 정원도 큰 것이 부유한 집들로 보였다. 길가에 수돗가가 있고 작은 풀밭이 있는 공원이 보였다. 잠을 자기에 좋은 장소여서 짐을 풀었다.

이때 담장 위로 중년의 남자가 고개를 내밀었다.

"저 당신들 압니다. 만나서 반갑습니다."

잠시 후 그는 신문을 가지고 나왔다. 신문에 난 우리를 보고 반가웠던 모양이다. 그는 염소젖으로 만든 치즈와 우유 한 통을 담장 너머로 건넸다. 곧이어 큰 문이 열더니 자신의 셔츠에 무언가를 가득 감싸 안은 채 조심스럽게 걸어 나왔다. 옷 속에는 계란들이 탐스럽게 들어 있었다.

"제 닭들이 낳은 알이에요. 맛있게 드시고 카미노를 잘 걸으시길 바라요. 부엔 카미노."

유명세를 시샘했는지 그날 밤엔 먹구름이 비를 한바탕 뿌리며 지나갔다.

카미노의
진정한 주인

징검다리는 사람들이 개울을 잘 건널 수 있도록 큰 돌을 드
문드문 놓아 만든 다리다. 가끔 사람들 사이에도 이런 징검다
리가 있는 것 같다는 생각이 든다.

스페인 사람들은 말도 통하지 않는 내게 큰 호감을 갖고 다
가왔다. 바로 당나귀 호택이라는 징검다리가 있었기 때문이다.
만일 내가 개를 데리고 다녔으면 어땠을까. 아마도 순례자나
알베르게의 주인에게 관심받는 정도로 그쳤을 것이다.

특이하게도 이곳에는 '동키 서비스'라고 부르는 택배 시스
템이 있다. 사람들의 무거운 짐을 다음 숙소까지 실어 나르는
택배를 이렇게 부른다. 나도 생장피에드포르에서 피레네를 넘

을 때 이 서비스를 이용했다. 가격은 지역마다 다소 차이가 있으나 5유로 정도 한다. 나이가 많거나 몸이 약한 사람들에게 아주 유용한 서비스다.

처음 동키 서비스라는 이름을 들었을 때 재밌다고 생각했다. 아마도 누군가가 짐꾼의 이미지가 강한 당나귀를 떠올리며 지었으리라. 일의 특성을 생각하면 잘 지은 이름이다. 하지만 이 이름은 단순히 아이디어를 넘어 다소 역사적인 이유가 있을 것 같다.

오래전 이 길을 중심으로 기독교와 이슬람의 첨예한 대립이 있었다. 어느 날 갈리시아 지방에서 야고보의 무덤이 발견된 탓이다.

야고보란 누구인가. 바로 예수의 열두 제자 중 한 사람이다. 동생 요한과 함께 어머니 살로메의 손에 이끌려 예수의 제자가 되었다. 예수는 '너희는 땅끝까지 복음을 전하라'라는 말을 남기고 죽었다. 이 스승의 말에 가장 극단적으로 실천한 사람이 바로 야고보다.

야고보는 세상의 '땅끝'이라고 믿었던 이곳 갈리시아 지방으로 선교를 하러 갔다. 그러곤 예루살렘으로 돌아갔다가 헤롯왕에게 잡혀 참수당했다. 그의 시신은 두 제자 아타나시오와 테오도르의 노력으로 갈리시아로 옮겨졌다. 그의 시신을 싣고 온 배가 처음 닿은 곳은 파드론Padron이라는 마을이었다.

당시 파드론은 로마의 변방 너머에 있는 여왕이 다스리는 작은 왕국이었다. 통치자는 로마가 보복할 것이 두려워 두 제자를 체포하지만 결국에는 시신을 싣고 가도록 뿔이 큰 황소 두 마리와 마차를 내어주었다.

2천 년 전의 일임을 고려한다면 이 또한 쉬운 일이 아니었을 것이다. 자갈과 바위투성이의 험한 길을 버티지 못한 소들이 어느 벌판에서 그만 죽음을 맞이했다. 제자들은 그의 시신을 그곳에 묻었다. 그리고 이슬람의 거센 파도가 이베리아반도에 몰아치며 그의 무덤은 신화 속으로 사라졌다.

오랜 세월이 흐른 후 양치기 목동에 의해 이 무덤이 발견되어 성지 산티아고 데 콤포스텔라가 되었다. 기독교인들에게는 양보할 수 없는 성지가 된 것이다. 이 길을 따라 수많은 사람이 성지순례라는 명목으로 나타났다.

이슬람으로서는 이교도들의 왕래가 달가울 리 없었을 것이다. 호시탐탐 성지를 회복하려는 기독교 세력의 야욕이 시작되었을 것이다. 성지 산티아고로 가는 길은 점점 긴장이 높아져 갔다. 순례자들의 목숨과 재산은 강도들의 표적이 되었을 것이 분명했다.

명분이 실리를 만나면 무슨 일을 벌이고야 만다. 십자군전

쟁 이후 일거리가 떨어져가던 템플기사단에게 드디어 일감이 생긴 것이다. 막대한 부를 움켜쥐고 있던 그들은 순례자들을 상대로 돈을 빌려주거나 짐을 운반해주는 것으로 성장했다. 고객이 된 순례자들을 보호해야 한다는 명분이 생기자 군대를 파견했다.

당분간 길은 평화로워졌다. 템플기사단의 존재로 안전한 길이 된 것이다. 다양한 목적을 가진 사람들로 점차 붐비게 되면서 마을이 생기고, 시장은 물론 교회와 수도원이 생겨났을 것이다. 사람만 많아진 게 아니었다. 말과 당나귀도 덩달아 많아졌다.

하지만 영원한 것은 없다. 당나귀보다 더 힘도 세고 간편한 놈이 나타났기 때문이다. 바로 자동차다. 자동차는 기름만 넣으면 당나귀와 비교가 안 될 정도의 짐을 운반한다. 점차 이 길에서 당나귀는 사라져갔다.

그렇다고 사람들의 정서에서 당나귀가 사라진 것은 아니었다. 비록 당나귀는 사라졌지만 사람들은 마을을 오가던 택배에 그 흔적을 남겼다. 바로 '동키 서비스'라는 이름으로 말이다.

아프리카나 중앙아시아에서는 이 역할을 대신하는 동물이 낙타다. 만일 당나귀가 아니라 낙타가 많았다면 동키라는 이름 대신 '카멜 서비스'라 불리지 않았을까.

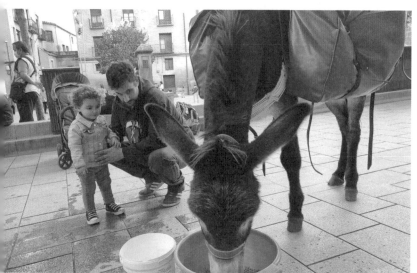

▌남녀노소 할 것 없이 누구나 당나귀를 좋아한다.

운수 좋은 날

레이나Reina라는 오래된 도시를 떠나 롤카Lorca라는 작은 마을로 향했다.

마을은 언덕 위에 있다. 보통 이런 마을에는 당나귀가 먹을 풀이 많지 않았다. 당나귀는 배를 채워야 마음에 안정을 갖는 동물이다.

마을을 앞두고 작은 개울이 나타났다. 개울물이 세차게 흘렀다. 나무로 된 다리가 나타나자 호택이가 긴장하기 시작했다. 호택이는 다리 앞에서 잠시 머뭇거렸다. 이럴 때는 당나귀를 닦달하면 안 된다. 지금 이 다리가 안전한지를 판단하고 있기 때문이다.

'당나귀가 가지 않으려는 곳은 절대 가지 마라'라는 중국의 속담이 있다. 그만큼 당나귀는 위험을 감지하는 능력이 탁월하다. 자신이 안전하다고 판단하기 전까지는 그야말로 당나귀 고집을 부린다. 회초리로 때리거나 큰 소리로 위협을 해도 소용없다. 이럴 때는 조용히 기다려주면 그만이다.

안전을 확인한 호택이가 성큼 다리 위로 올라갔다. 한번 건너기로 하면 주저함이 없다. 그가 결정한 일을 되돌리는 법은 절대 없다. 번번이 약속이나 계획을 바꾸는 나와 완전히 다른 상남자다.

개울을 건너자 가파른 언덕길이 나왔다. 이 언덕만 오르면 롤카 마을이다. 카미노를 따라 만나는 마을에는 여지없이 오래된 교회나 성당이 있다. 세월이 지나 낡은 겉모습과는 달리 안은 화려하고 경건하다.

이 마을 입구에도 오래되어 보이는 성당이 있었다. 성당 뒤쪽에 고운 자갈로 깔아 놓은 작은 마당이 있었다. 마당 한가운데에는 이름을 알 수 없는 작은 나무 한 그루가 서 있었다. 이 나무를 사이에 두고 있는 두 개의 나무 탁자에 짐을 풀었다. 호택이는 나뭇잎을 따 먹느라 여념이 없었다. 배가 고팠던 모양이었다.

작은 길을 사이에 두고 허름한 건물이 있다. 무엇을 하는지 몰라도 작은 공장처럼 보였다. 이상한 것은 이 건물에서 구수한 빵 냄새가 난다는 것이었다. 바로 빵 공장이었다. 어쩌면 따끈한 빵을 먹을 수도 있다는 작은 희망이 생겼다.

나는 호택이에게 풀을 먹이러 막 나서는 참이었다. 이때 건물에서 한 노인이 공장 문을 열고 나왔다.

"오! 부로."

노인은 당나귀라고 외치더니 자신의 승용차 트렁크를 열었다. 그 안에는 바게트가 가득했다. 노인은 어른 팔뚝만 한 바게트를 집어 들더니 호택이에게 먹였다. 배고픈 호택이의 입에서 자갈 부서지는 소리가 났다. 이 모습을 바라보는 내 입에도 침이 고였다.

"저도 좀 주시면 안 될까요?"

노인이 나를 바라보며 말했다.

"이건 사람은 못 먹소. 당나귀나 먹을 수 있다오. 너무 딱딱해서 이빨 부러진다네."

이빨이 부러질지는 몰라도 구수한 빵 냄새만은 참기 힘들었다. 노인은 다시 건물 안으로 들어가더니 젊은 사내를 데리고 나왔다. 사내의 손에는 먹음직스러운 빵이 들려 있었다.

"우리 아들이외다. 이 빵 공장 사장이지."

내게 빵을 건넨 사내는 호택이의 머리를 연신 쓰다듬었다.

사내는 마당에 쳐놓은 텐트를 보더니 내게 물었다.

"저기서 주무실 건가요?"

내가 그렇다고 하자 그가 아주 잘됐다는 표정을 지으며 말했다.

"내일 새벽 6시 정도에 오시면 따끈한 빵을 드릴게요. 아버지가 갖고 계신 빵은 이미 굳어서 사람이 먹기 힘들어요. 반대로 부드러운 빵은 당나귀가 먹기 힘듭니다. 저 빵들은 말에게 먹이려고 가져가시는 겁니다."

내가 빵 만드는 것을 보고 싶다고 하자, 그는 그렇게 하라고 했다.

늦은 저녁 비가 내렸다. 텐트 문을 열어 밖을 보니 호택이가 나무 밑에 앉아 있다. 당나귀는 머리를 들고 잔다. 그러니 베개도 필요 없다. 당나귀는 삶에 필요한 물건이 한 개도 없다. 그저 몸뚱이 하나만으로도 충분하다. 비를 맞고 있지만 잠을 자는 데 아무런 방해도 되지 않는다. 그가 지고 다니는 두 개의 가방에는 내가 필요한 물건뿐이다. 당나귀 걱정은 말고 네 걱정이나 하라던 아리츠의 말이 생각났다.

이른 새벽 누군가 텐트를 흔들었다. 빵 공장 주인이었다.

"이제 빵을 만들려는데, 오시죠?"

공장 내부는 생각보다 규모가 커 보였다. 그는 숙성된 반죽을 넓은 판에 부은 후 평평하게 폈다. 그리고 길게 자른 다음 이들을 컨베이어벨트 위에 얹었다. 기계가 돌자 반죽된 밀가루가 오븐 속을 통과했다. 빵 냄새가 온 방에 가득 찼다. 오븐을 통과한 빵이 노릇한 색깔을 띠며 맛있게 구워졌다. 사장은 막 나온 빵을 먹어보라며 내게 건넸다. 꿀맛이었다.

이어 사람들이 빵을 사러 모여들었다. 주로 남자들이었는데 이들의 하루는 빵 가게에서 시작되는 모양이었다. 사람들이 옷에 묻은 빗물을 털며 안으로 들어왔다. 우산을 쓰고 오는 사람은 없었다.

"아버님 병환은 좀 어떠신가요?"

"손주를 보셨다면서요? 축하할 일입니다."

"오늘 교회 봉사하시는 날이죠?"

"아이고, 오늘은 부인께서 직접 오셨네요. 남편은 언제 오시죠?"

"오늘 집에 손님들이 오시나 봐요?"

손님이 바뀔 때마다 주인이 빵을 건네며 하는 말들이다. 이들에게 빵을 건네며 사장은 쉬지 않고 대화를 나눈다.

그런데 이상한 점이 있었다. 손님에게 몇 개의 빵을 살 것인지 묻지 않는 것이다. 몇 개의 빵이 필요한가를 묻는 것이 보통 가게의 풍경이지 않던가. 빵을 받아 든 손님들은 옷깃을 세우며 비 내리는 골목 사이로 사라졌다.

나는 주인에게 물었다.

"왜 손님들에게 몇 개 살 거냐고 묻지 않으세요?"

손에 묻은 밀가루를 툭툭 털며 그가 말했다.

"아, 그거야 뭐 뻔하죠. 그 집 식구가 몇인지 다 알거든요. 빵이 더 필요한 날은 전날 미리 알린답니다. 그 집에 손님이 오는 경우죠."

빵집 주인이 동네 사정을 훤하게 알고 있다는 의미다. 갑자기 어릴 적 고향의 순희 엄마가 생각났다. 동네에 관한 일이란 모르는 것이 없었다. 동네 사람들에게 궁금한 일이 생기면 동네 사람들은 당사자보다 순희 엄마에 묻곤 했다.

"그날그날 필요한 양의 빵만 만든답니다. 재고가 없죠."

그런데 아직도 빵이 수북이 남아 있었다. 나는 그 빵을 가리키며 말했다.

"그럼 아직 손님들이 다 오지 않았나 보죠?"

"아, 그 빵들은요, 며칠 지나면 딱딱해지거든요. 그때 아버지가 가지러 오세요. 말을 주려고 구운 빵이거든요."

동물을 주려고 빵을 굽다니! 그러고 보니 어제 호택이가 먹은 빵은 사람이 먹고 남은 것이 아닌 모양이었다. 날이 밝자 주인은 호택이와 내가 먹을 빵을 잔뜩 가져왔다. 호택이가 짊어

┃ 맛있어 보이지만 돌처럼 딱딱해진 빵들이다.

진 두 개의 짐가방은 빵으로 가득 찼다. 먹을 것이 생기니 마음이 든든해졌다.

마을을 지나는데 길가에 자동판매기가 보였다. 이 판매기는 초콜릿 같은 간단한 먹거리를 팔았다. 비를 잠시 피할 겸 안으로 들어갔다. 동전을 넣고 번호를 누르면 스프링이 돌면서 물건이 밀려 떨어진다. 그런데 무슨 이유인지 22번 레인에 스니커즈 초코바 한 개가 다른 스니커즈에 끼어 걸려 있었다. 누군가 주문했는데 나오다가 걸린 모양이었다.

"호택아, 이거 진짜 운인데. 저 번호를 누르면 두 개가 떨어지지 않을까? 2유로에 두 개."

성공만 한다면 한 개의 값으로 두 개의 스니커즈를 얻을 수 있다. 반대로 끼인 스니커즈 때문에 나머지도 마저 끼인다면 낭패다.

"호택아 너 '하이리스크하이리턴'이란 말 알지? 도전해볼까?"

"……."

호택이는 역시 대답이 없다. 어차피 스니커즈의 단맛을 모르는 자기와는 관계없는 일이라는 얼굴이었다. 누군가 인생은 운칠기삼이라고 했다. 7할의 운이 인생을 결정한다는 의미다. 나는 과감히 2유로를 코인 투입구에 넣고 22번 버튼을 눌렀다.

두두두두.

스프링이 힘겹게 돌더니 가까스로 두 개의 스니커즈가 떨어졌다. 내가 환호하는 소리에 호택이가 깜짝 놀랐다.

"오늘은 정말 운수 좋은 날이다. 호택아."

무엇을
걱정하랴

너른 벌판에 여러 품종의 포도밭이 줄지어 있었다. 드디어 리오하 지방에 들어선 것이다. 리오하 지방은 스페인에서 가장 유명한 와인 산지다. 들판을 가로지르는 내내 달콤한 포도 향이 우리를 유혹했다. 10월은 한창 포도를 수확하는 계절이다. 이미 수확이 끝난 포도나무에도 무사히 살아남은 포도들이 제법 많았다. 하지만 이것도 남의 것이라 따 먹으려니 께름칙했다.

포도의 달콤한 맛을 아는지라 입에 침이 돌았다. 사정은 호택이라고 다를 리 없다. 연신 포도나무 쪽을 바라보며 걷는다.

잠시 한눈을 팔면 언제 밭에 들어갔는지 호택이가 포도를 향해 다가섰다. 이럴 때마다 황급히 호택이를 잡으러 포도밭으

로 뛰어들곤 했는데, 멀리서 보면 둘 다 도둑놈으로 보이기 십
상이다.

길가에 큰 트럭이 세워져 있고 이제 막 수확한 포도가 가득
실려 있었다. 깨진 포도에서 흘러나온 붉은 즙이 땅바닥을 흥
건하게 적시고 있었다. 공짜 포도주스다! 떨어지는 즙에 입을
대고 마셨다. 정말 꿀맛이 따로 없다. 호택이도 트럭에 묻은 포
도즙을 핥아 먹느라 난리였다.

저 멀리서 트랙터에 막 딴 포도를 신고 주인이 다가왔다. 그
는 우리의 모습이 재밌다는 듯 웃음을 지었다.

"산티아고에 가시는 건가요?"

"예, 맞아요. 당나귀하고 같이 갑니다."

언제부터인가 호택이를 앞세우면 좋은 일이 생긴다는 것을
알았다. 나는 호택이를 껴안으며 말했다.

"저는 한국인이고요, 얘는 에스파뇰."

그가 묻지도 않았는데 나는 애교를 담아 짙은 미소를 날렸
다. 그 역시 내가 묻지도 않은 말을 한다.

"기계로 수확한 밭에는 포도가 제법 남아 있죠. 다 따지지
않거든요. 그건 따 드셔도 됩니다. 사람이 손으로 수확하면 남
아 있질 않겠죠. 대신 길가 쪽의 몇 그루는 목마른 사람들을 위
해 남겨놓는답니다. 마음껏 드시면서 걸으세요."

한 가지 오해가 풀렸다. 여행을 떠나기에 앞서 〈The Way〉라는 영화를 본 적이 있다. 그 영화에서 일행들이 남의 포도밭에서 포도를 따 먹는 장면이 나온다. 나는 당시 약간의 충격을 받았다. 아무리 영화라 해도 주인의 허락이 없었다면 이것은 범죄행위다. 더욱이 이들은 순례자 아닌가. 그동안 체한 것처럼 얹혀 있었던 거북함이 사라졌다.

호택이의 등에는 플라스틱으로 된 양동이가 실려 있다. 이 통의 원래 용도는 호택이를 위한 물통이다. 호랑이도 물어 죽일 듯 용맹한 호택이지만 어이없게도 물소리에는 경기를 일으키곤 했다.

냇물 흐르는 소리도 마찬가지다. 호택이는 물을 마시러 스스로 물가로 가는 법이 없었다. 큰 소리에 대담하고 작은 소리에 소심한 호택이다. 사정이 이렇다 보니 물을 길어다 바쳐야 했다. 아주 상전이 따로 없다.

물통의 용도는 날이 갈수록 다양해졌다. 가끔은 샐러드를 만들 때 사용했다. 호택이가 싼 똥을 담아 쓰레기통에 버릴 때도 있다. 오늘은 그 통에 포도가 가득 담겼다. 이래저래 기분 좋은 날이다.

아르코스Arcos로 향하며 우리는 매우 지친 상태였다. 멀리 마을이 보이자 오아시스를 만난 듯 마음이 설레었다. 게다가 마을 입구에는 산더미처럼 쌓아놓은 파하르^{Pajar}가 보였다. 파하르란 밀을 수확하고 남은 마른 줄기로 당나귀가 좋아하는 먹이 중 하나다. 나는 파하르를 한 아름 가져다 호택이에게 주었다. 어찌나 맛있게 먹는지 나도 한 가닥을 입에 넣고 씹어보았다. 찝찔해서 뱉어버렸는데 호택이가 째려봤다. '저 맛있는 걸 왜 버리지?' 하는 눈빛이다.

이때 붉은색의 스포츠카 한 대가 우리 곁에 섰다. 차창이 열리더니 물병을 든 손이 차창 밖으로 쑤욱 나왔다. 선글라스를 멋들어지게 쓴 남자가 시원한 물병을 주며 말했다.

"당신의 당나귀인가요?"

첫 만남의 대화는 모두 당나귀에서 시작된다.

"이 마을에서 주무실 건가요?"

"네, 오늘은 여기서 자려고 합니다."

"그럼 내일 오후에나 비아나^{Viana}에 도착하겠군요."

그는 자신의 이름이 데이비드이며 영국에서 온 퇴직 경찰이라고 소개했다.

"내일 당나귀를 위한 특식을 준비해놓을게요."

나를 위한 특식은 없느냐고 묻고 싶었다.

우리가 잘 공원은 아늑했다. 마을과 공원을 가르는 큰 개울이 있는 곳이었다. 수도에 물받이가 있어 머물기에는 불편함이 없었다. 다만 호택이가 먹을 풀이 매우 적었다. 마을을 들어오기 전, 파하르를 잔뜩 먹인 것이 다행이라고 생각했다. 먹는 것이 유일한 낙인 호택이가 오늘은 저녁을 굶었다. 배가 고팠는지 땅바닥에서 무언가를 계속 뜯었다. 이런 모습을 보니 측은한 마음이 들었다.

아침에 떠나려는데 신발에 문제가 생겼다. 내 신발은 끈이 없고 레버를 돌리면 줄이 조여지는 방식이다. 조임장치의 끈이 끊어지니 고무줄 끊어진 바지처럼 덜렁거렸다. 먼 길을 가는 자에게 신발이란 생명과도 같다. 걸을 때마다 헐렁한 신발이 매우 거슬렸다. 마을이 작다 보니 신발가게가 없었다. 신발을 사려면 이틀을 걸어 로그로뇨^{Logroño}에 가야 한다.

"아, 누가 신발 한 켤레 주지 않으려나?"

혼잣말처럼 중얼거렸지만 간절한 마음도 묻어 있었다. 머지않아 이 기도는 현실이 되었다.

호택이는 아침부터 신경질을 있는 대로 부리며 걸었다. 배가 고프면 저런 짓을 한다. 가끔은 쩨려보기도 한다. 저녁을 굶고 잤으니 얼마나 배고팠을까.

작은 풀밭이 나타나자 호택이가 막무가내로 들어갔다. 별반 먹을 것이 없는 곳인데 목줄을 잡아당겨도 소용이 없다. 그가 배를 채우려면 30분 이상은 먹어야 했다.

근처에 작은 다리가 있어 난간에 걸터앉았는데 누군가 벗어
놓은 신발이 보였다. 아직 더 신어도 될 새 신발이었다. 게다가
발목 보호대까지 있어 자갈밭이나 바윗길에서도 좋아 보였다.
신어보니 발에 딱 맞았다. 아침에 중얼거리듯 말한 것을 하나
님이 들으셨나 보다. 역시 카미노야.

"호택아, 하나님이 계시긴 한가 봐. 그렇지?"

무신론자가 확실한 호택이도 내 말에 동의한다는 듯 고개를
쳐들었다. 요즘 호택이가 내 말을 알아듣는 듯한 행동을 하곤
한다. 내가 중얼거리거나 무슨 말을 할 때 하던 일을 중지하고
두리번거리는 것이다.

"하나님이 아무 걱정하지 말라고 했대. 다 먹여주고 입혀주
고 그런다잖아. 게다가 나는 신발도 이렇게 주시잖아."

이즈음부터 우리 마음속에 신앙심이 싹트고 있다는 생각이
들었다.

얼마 후 길가엔 무더기로 버려진 신발들이 보였다. 모두 순
례자들이 짐이 무거워 버리고 간 것들이다. 원래 그들에게 없
어도 될 물건인 셈이다.

먼 길을 떠날 때는 눈썹도 뽑고 가라는 말이 있다. 영국말에
'Less is the better(적을수록 좋다)'라는 얘기도 있다. 여행자의
짐은 적으면 적을수록 좋다는 의미다. 여행길에서 불필요한 짐

동키 호택

▌순례자들이 필요 없는 짐을 버리고 간다.
개중에는 제법 새것 같은 신발도 있다.

은 욕심의 상징일 뿐이다. 800킬로미터를 걸어야 하는 산티아고 순렛길이라면 더욱 그렇다.

"짐의 무게는 욕심의 무게란 말이야, 이 사람들아."

나는 욕심쟁이들이 버리고 간 신발들을 바라보며 경멸하듯 말했다. 버려진 신발들은 하나같이 얼마 사용하지 않았거나 아예 상표가 붙어 있는 새것도 있었다.

갑자기 욕심이 났다. 나는 버려진 신발들 중 깨끗해 보이는 신발 몇 개를 골라 호택이가 지고 있는 가방에 쑤셔 넣었다. 나는 방금 한 말도 잊은 채 욕심을 쓸어 담았다. 가방이 욕심으로 부풀어 올랐다.

'뭐 욕심이라고 다 나쁜 건 아니지. 인생은 의욕으로 사는 거니까.'

인간은 끊임없이 자신의 결정을 합리화하는 동물이라더니. 며칠 후 나는 여분의 신발을 모두 길에 내려놓고 가야 했다. 그래도 새 신발은 아주 훌륭했다. 자갈밭에서도 안전했다.

오후가 넘어 데이비드와 만나기로 약속했던 비아나가 보이기 시작했다. 산티아고 길에서 지나치는 마을은 요새처럼 대부분 높은 산 위에 있다. 이런 마을은 다가갈수록 높이 솟아오른다는 특징이 있다. 약속 장소인 산페드로 성당까지 좁은 언덕길을 따라 걸었다. 호택이의 발굽이 돌바닥에 부딪힐 때마다 또각거리는 소리가 골목을 타고 퍼졌다. 화답이라도 하는 듯 아이들의 웃음소리가 들려왔다.

굳이 지도를 보지 않더라도 아이들이 내는 소리를 따라가기만 하면 마을의 중심부로 갈 수 있다. 성당은 마을의 중심이다. 산페드로 성당 마당에는 놀러 나온 사람들로 가득했다. 돌연 당나귀를 몰고 오는 낯선 이방인이 나타나자 호기심에 찬 아이들이 몰려들었다. 겁을 내는 아이도 있었지만 대부분 호택이에게 친근감을 보였다. 이때 큰 자루를 짊어진 데이비드가 언덕길을 따라 올라왔다.

"오트(귀리)예요. 당나귀에겐 소고기 스테이크와 같죠."

당나귀가 귀리를 매우 좋아한다는 사실을 처음 알았다. 귀리를 알아챈 호택이가 갑자기 흥분하기 시작했다. 플라스틱 접시에 수북이 쌓인 귀리가 호택이 입으로 빨려 들어갔다. 귀리를 씹을 때마다 알갱이 부서지는 소리가 아주 요란했다. 당나귀는 참 편리한 동물이다. 껍질을 까지 않아도 삶지 않아도 저렇게 맛있게 먹을 수 있다니.

당나귀는 우주를 아주 작고 단순하게 만든다. 그는 하늘을 올려다보며 광대한 우주를 탐할 일이 없다. 오직 먹고 자고 위험을 피하기만 하면 된다. 나는 늘 SNS에 무슨 글을 올릴지 조회수가 몇 인지에 온통 신경이 가 있다. 그러나 이러한 일이 호택이에게는 남의 일일 뿐이다.

'헤일-봅 혜성'이 긴 꼬리를 늘어뜨리며 우주쇼를 벌이든, 지구의 종말이 오든, 당나귀에게는 알 바 아니다. 지금 그는 항문 근처를 배회하는 흡혈 파리에 온 신경이 쏠려 있다. 내일 핵폭탄이 천 개가 터진다 해도 그 순간에 그는 입안에 있는 풀 한 가닥에 희열을 느낄 것이다. 그에게 인간들의 일이란 다 부질없는 짓이니까.

"괜찮으시면 저희 집에서 주무시고 가실래요? 당나귀는 정원에 그냥 풀어놓으면 됩니다. 개가 두 마리 있긴 하지만 단단히 묶어놓으면 됩니다. 제가 당나귀를 매우 사랑하거든요."

나도 호택이를 닮아가나 보다. 나의 우주도 호택이를 닮아 점점 작아지면서 이기적으로 변했다. 재워주고 먹여준다니 고마울 따름이다. 체면은 없다.

결국 우리는 데이비드의 간곡한 요청을 선심 쓰듯 들어주기로 했다. 이틀 동안 데이비드는 호택이에게 붙은 진드기를 모두 잡아냈다.

이틀 후, 떠나는 호택이의 등짐에 귀리 한 자루가 실렸다. 사람들이 호택이에게 하는 정성으로만 본다면 나는 호택이의 몸종에 불과했다. 점점 질투가 생겼다.

사람들은 호택이를 보면 무엇을 주지 못해서 난리다. 그렇다고 호택이가 감사하다고 말하는 일은 절대로 없다. 그렇게 거만한데도 많은 사랑을 받는다. 이럴 때마다 '호택이는 인도에서 온 어느 신이 환생한 것 아닐까?' 하는 생각이 들었다. 어쩌면 이 번뇌를 깨우치는 것만 해도 산티아고에서 얻는 최고의 성과가 될지 모른다.

내가 이런 마음을 가진들 호택이야 무엇을 걱정하랴.

당나귀의
목욕법

　로그로뇨는 제법 큰 도시다. 이렇게 큰 도시는 되도록 빠른 시간에 지나치려 했다. 도시에 들어오면 호택이가 유난히 긴장하기 때문이다.

　호택이에게 큰 도시는 매우 두려운 공간이다. 그 이유는 그가 피레네산맥 깊숙한 곳에서 자란 촌놈이기 때문이다. 8년을 산골에서 살아오다 어느 날 갑자기 영문도 모른 채 불려 나와 어디로 가는지도 모르는 길을 걷고 있다.

　도시는 그가 경험하지 못한 다양한 소리로 가득 찼다. 바람에 윙윙대는 전깃줄 소리, 냉장고나 에어컨에서 나는 작은 기계음. 길가에 세워놓은 차의 엔진 소리. 들릴 듯 말 듯 들려오

는 악기 소리. 당나귀는 소리에 매우 민감해서 이 모든 소리를
불편해했다.

스트레스를 받아서인지 도시 안에 들어서면서부터 호택이
의 걸음이 빨라졌다. 내 발걸음도 덩달아 빨라졌다. 시내를 벗
어나 넓은 공원에 도착했을 때 비로소 안정을 찾았다.

공원에는 큰 저수지가 있는데 주말을 즐기려는 사람들이 많
았다. 나는 사람들과 다소 거리를 두고 짐을 풀었다. 농구장만
한 공간에 화장실과 식수대가 있어 머물기에 좋았다.

또다시 사람들이 몰려들기 시작했다. 이제 호택이도 이러한
것을 즐기는 듯했다. 한 아이가 자신이 먹던 아이스크림을 호
택이의 입에 넣어주었다. 호택이가 맛있게 먹자 아이가 손뼉을
치며 좋아했다. 이 모습을 보고 나는 중얼거렸다.

"나도 아이스크림 좋아하는데."

이때 정복을 입은 공원 관리인이 다가왔다.

"이걸 어쩌죠? 이곳에서 캠핑하시면 안 됩니다. 저녁에는 모
두 공원을 나가야 합니다."

다시 짐을 싸려니 막막했다. 주위의 사람들도 걱정하는 기
색이 역력했다. 공원 관리인은 마음이 착한 분이어서 그는 매
우 진지하게 문제를 해결해주려 노력했다.

"이렇게 하면 어떨까요. 이 길을 따라가면 공원 후문이 나옵

니다. 후문에는 비를 피할 수 있는 장소가 있습니다. 그곳에서 주무시면 될 것 같습니다."

그의 얼굴에 미소가 번졌다. 그는 내가 이해를 못했다고 생각했는지 나를 데리고 호숫가 언덕 위로 올라갔다. 그가 멀리 보이는 송전탑을 가리키며 다시 말했다.

"저기 송전탑이 보이죠. 그 바로 옆입니다. 당나귀가 먹을 풀도 많습니다. 물론 물도 있어요."

그는 좋은 일을 했다는 듯 자기 가슴을 두 손으로 탁탁 두드렸다. 받는 자보다 주는 자에게 복이 더 있다는 예수의 말처럼 내게 친절을 베푼 공원 관리인의 얼굴이 환해졌다. 조금 배운 스페인어로 감사의 말을 전했다.

"무차 그라시아스(Muchas gracias, 정말 감사합니다)!"

그의 말대로 후문에는 나무로 지어놓은 작은 오두막이 있었다. 무엇보다 맘에 들었던 것은 호택이가 먹을 풀이 많다는 것이었다. 나는 가장 풀이 무성한 곳에 호택이를 데려다 놓았다.

그런데 호택이의 행동이 매우 이상했다. 평소와는 다르게 풀에 관심이 없었다. 무언가에 굉장히 불안해하면서 자꾸 어딘가로 가려고 했다. 줄을 잡아당겨도 완강히 버텼다. 발톱에 염증이 생겨 아픈 나는 그를 통제하는 데 애를 먹었다. 풀밭을 여러 번 옮겨보았으나 소용이 없었다. 그는 무언가를 다급하게

동키 호택

찾고 있는 것 같았다.

결국 나는 잡고 있던 목줄을 놓치고 말았다. 그는 흙바닥으로 가더니 냄새를 맡고 발로 땅을 긁었다. 처음 보는 이상 행동이었다.

'혹시 뇌에 바이러스가 들어갔나?'

갑자기 영화의 한 장면이 생각났다. 어느 날 인간들이 우주에서 온 바이러스에 감염되자 하나같이 이상한 짓을 하는 내용이었다. 호택이도 그런 것 아닐까? 걱정이 몰려왔다. 저 바이러스가 내게도 전염된다면 나도 땅바닥에 코를 대고 킁킁거리거나 발로 긁을지도.

호택이는 곧 땅 위에 벌러덩 눕더니 그 위에서 떼굴떼굴 구르기 시작했다. 네발을 하늘로 향한 채 이리저리 뒹굴었다. 지나가던 사람들이 이 광경을 보고 박수를 치면서 응원했다. 사람들은 자기 일이 아니면 남이 미치는 것도 재밌나 보다. 몇 번 구르기를 멈춘 호택이는 아무 일도 없었다는 듯 풀을 뜯기 시작했다.

당나귀와 여행하는 나를 보고 많은 사람이 질문을 던졌다. 대부분 자기 경험에 기반을 둔 질문이었다. 개 두 마리를 키우는 한 여자는 이런 질문을 했다.

"작은 개도 목욕시키기 어려운데 큰 당나귀는 어쩐대요?"

그녀와 나눈 대화의 중심은 단연 개다. 개에게 습진이 생겨 병원에 갔더니 바가지를 썼다든가, 개 때문에 명절날 시댁에 가지 못했다든가, 개 샴푸는 어떤 게 좋다든가, 몇 년 후에 죽을 개를 생각하며 밤새 울었다든가.

이야기만 들으면 그 사람의 인생은 온통 개에게만 쏠려 있는 듯했다. 그녀는 항상 꾀죄죄한 차림으로 다니는 이유에 대해 개를 돌보느라 정작 자신을 돌볼 시간이 없다고 설명했다. 그렇다 보니 당나귀는 어떻게 목욕시키나 걱정된 모양이었다.

그녀의 말을 듣고 나니 걱정이 되었다. 걱정도 전염되나? 하지만 인터넷을 뒤져보아도 당나귀에게 목욕을 시킨다는 정보는 없었다.

전에 당나귀를 백방으로 수소문하여 이천에 있는 당나귀 목장을 찾아간 적이 있다. 사육사에게 당나귀는 어떻게 목욕을 시키느냐고 묻자 그가 난감한 표정을 지으며 말했다.

"우리 목장의 당나귀는 목욕 안 시켜요. 뭐 그냥 놔둬요. 그래서 냄새가 엄청납니다."

필요는 하지만 목욕을 시키지 않는다는 말로 들렸다. 그 목장을 들락거렸지만 끝내 당나귀 목욕법은 알아내지 못했다.

아리츠의 농장에 갔을 때 다시 물어보았지만 그도 끝내 알려주지 않았다. 내가 여러 번 되묻자 몹시 귀찮다는 듯 대답도 하지 않았다.

결국 이 궁금증은 호택이의 행동을 보며 풀었다. 땅바닥에서 몇 번을 구르던 호택이는 벌떡 일어나더니 풀밭으로 돌아갔다. 다시 그와 나에게 평온이 찾아왔다. 이후로 호택이가 같은 행동을 하면 흙이나 모래밭으로 데려갔다. 그는 여지없이 발로 땅을 긁은 후 데굴데굴 굴렀다. 이것이 당나귀의 목욕법이었다.

내가 점점 호택이를 알아가는 만큼 그도 나를 알아가고 있는지는 모르겠다. 그는 내게 아무 말도 하지 않았지만 나는 점점 그에게 예속되고 있다는 느낌을 받았다.

정작 문제는 내게서 생겼다. 오른쪽 엄지발톱이 살을 파고 들어가 염증이 생긴 것이다. 가장 가까운 마을은 나바레테 Navarette라는 마을이었다. 언덕 하나만 넘으면 가능한 거리였다. 천천히 걸으면 두 시간이면 도달할 거리였다. 호택이의 목줄은 함께 걷고 있던 이동훈 청년에게 맡겼다.

스페인의 마드리드에서 왔다는 젊은 부부가 붙이는 소염제인 콩트Contt를 주기도 했고 길에서 일을 하던 인부가 지름길을 알려주기도 했다. 이렇게 사람들의 도움을 받은 덕분에 나바레테에 힘겹게 도착할 수 있었다.

점심을 먹고 다시 길을 나서려 했지만 마을을 채 벗어나기도 전에 심한 통증으로 주저앉았다. 통증은 완전히 나를 통제했다. 더 이상 걸을 수가 없었다.

내가 찾은 곳은 60대의 노인 부부가 운영하는 알베르게였다. 호택이를 보자 부인은 남편을 부르더니 내게 말했다.

"마을 앞에 좋은 풀밭이 있다우. 당나귀도 좋아할 거요."

호택이는 할아버지의 손에 이끌려 어디론가 사라졌다. 노부인은 절뚝거리는 나를 보자 근심스러운 표정으로 말했다.

"엄지발가락이 단단히 곪았네요. 우리 집에 오시는 분들 중에는 환자가 많답니다."

"환자가 많다고요?"

이유를 몰라 내가 되묻자 그녀가 말을 이었다.

"이 마을엔 병원이 있거든요. 무료 병원이요."

무료라는 말에 귀가 번쩍 뜨였다. 공짜는 나의 태생적 비타민이지만 이 분야는 호택이가 한 수 위긴 하다.

병원은 한산했다. 마침 공휴일이어서인지 의사와 간호사 달랑 두 명뿐이었다. 둘 다 30대 중후반의 여성이었다. 내가 오랜만의 손님이었는지 굉장히 친절하게 대해주었다. 두 사람은 치료가 끝날 때까지 미소를 잃지 않았다. 호택이의 사진을 보여주자 화기애애한 분위기가 최고조에 달했다.

"당나귀를 한국에서 데리고 온 거예요?"

"그러려고 했는데 비행기를 안 태워주더라고요. 하하하."

그들은 내 말에 어이가 없다는 표정을 지으며 웃었다.

의사의 치료 덕분에 발이 다소 편해졌다. 병원 문을 나서려는데 간호사가 말했다.

"길을 걷다가 힘들면 구급대로 전화하세요. 순례자를 위한 응급차가 올 거예요. 당나귀는 어쩔지 모르지만요."

오는 길에 호택이가 있는 곳에 들르기로 했다. 마을 외곽에 작은 숲이 보였다. 호택이를 부르자 그가 키 작은 나무 위로 머리를 들었다. 내가 다가갈 때까지 시선을 놓치지 않고 나를 빤히 쳐다보았다.

호택이의 똥이 잘 빚은 쑥떡처럼 탱글탱글하고 빛이 나면 마음이 평온한 증거다. 그렇지 않으면 물똥을 싼다. 여기저기에 어린아이 주먹만 한 똥들이 수북이 쌓여 있었다.

"호택아, 이틀만 여기서 지내. 나 아파."

잠시 후 내가 그곳을 떠나려 하자 호택이가 큰 소리로 울었다. 뱃속 깊숙한 곳에서 끌어내는 울음이었다. 왜 우는지는 알 수 없었지만 내 발을 멈추기에는 충분했다. 호택이의 울음소리는 자동차 브레이크 소리를 닮았다.

┃ 당나귀의 평화는 곧 식사 시간이니라.

마른하늘에
비가 내릴 때가 있다

　나바레테 마을이 뒤편으로 사라질 즈음 포도밭에서 큰 소동
이 벌어졌다. 한 무리의 아프리카 사람들이 포도 수확을 하고
있었다. 이들은 아프리카에서 온 계절노동자들이다. 내가 카메
라를 들고 지나가자 한 사람이 소리를 질러대며 화를 냈다. 내
가 그들의 모습을 촬영하는 줄 알았던 모양이다. 포도밭에 있
던 사람들이 우르르 우리에게 몰려왔다.

　그들 중 누군가가 내 카메라를 낚아챘다. 순식간에 벌어진
일이었다. 이들은 몹시 화난 얼굴로 항의했는데 나는 어쩔 도
리가 없었다. 스페인어도 못 알아듣는데 하물며 프랑스어는 알
아들을까. 나에겐 외계인을 만난 것과 다름없었다. 이때 놀란

호택이가 놀라 사람들 속으로 돌진하는 바람에 그만 목줄을 놓쳤다. 혼비백산한 사람들이 사방으로 흩어졌다.

그들은 카메라에 자기들의 사진이 없음을 확인한 후 돌려주었다.

"도대체 저 사람들은 왜 저렇게 화를 냈대요?"

이 사태를 바라보고 있던 스페인 청년에게 물었다.

"옷이 더럽잖아요. 씻지도 못했고. 그렇지 않았다면 서로 찍어달라고 했을 거예요. 사실 화난 게 아니고 그냥 항의한 정도예요."

하긴, 초라한 모습이 찍히는 걸 좋아할 사람은 없을 것이다.

오늘의 목적지는 나헤라Najera다. 카미노에서 만나는 도시 대부분이 그렇듯 작았다. 도시에 들어오면 바로 끝이 보일 정도에 불과했다. 과거와 현재가 혼재해 있는 구시가지의 길은 좁았다. 호택이가 차도로 들어서자 금세 교통체증이 걸렸을 정도였다.

지나가던 승용차들은 예외 없이 호택이 옆에 멈춰 서더니 운전자들이 사진을 찍거나 엄지를 치켜올렸다. 어떤 이는 휘파람을 불기도 했다.

'스페인 사람들에게 당나귀는 도대체 어떤 존재일까?'

머릿속에 그런 의문이 피어올랐다.

나헤라는 아주 작은 도시였지만 잘 정돈된 곳이었다. 도시를 가르는 멋진 강이 앞에 보였다. 강의 이름인 나헤리야 Najerilla는 도시의 이름과 닮았다. 강은 맑고 푸르렀다.

나바레테에서 발을 치료하느라 알베르게에서 3일을 묵는 동안 호택이는 숲에서 혼자 자야 했다. 그간 호택이도 외로웠는지 풀을 뜯다가도 머리를 들고 물끄러미 나를 바라보았다. 어느새 우리는 조금씩 서로를 의지하게 된 듯싶다.

강 건너에 우뚝 솟은 절벽에는 수도사들이 파놓았을 동굴들이 보였다. 산타마리아 수도원 근처에 순례자 알베르게가 있다. 이곳은 공립 알베르게여서 숙박비가 6유로 정도로 저렴하다. 그래서인지 젊은 사람이 많았다.

나는 마당에 있는 나무에 호택이를 묶어두었다. 이때 알베르게에서 한 중년 여성이 나왔다.

"오, 당나귀를 데리고 오셨군요. 어머, 예뻐라."

"당나귀를 여기에 좀 놓아도 될까요?"

"물론이에요."

호택이는 참 편한 놈이다. 눈치를 보는 일이 없다. 뒷다리에 힘을 주더니 노란 오줌을 싸기 시작했다. 오줌으로 끝난 것이 아니다. 이미 마당에는 그의 똥이 가득해서 사람들이 까치발로 걸었다. 그렇다고 불평하는 사람은 아무도 없었다.

"아, 그런데 이를 어쩌나. 저희 알베르게에는 방 여유가 없는데."

그녀는 방이 없다며 걱정했다.

"괜찮습니다. 저는 당나귀하고 밖에서 자면 돼요."

부인이 강변 쪽을 손으로 가리켰다. 그곳에서 자라는 뜻이었다.

오래된 나무 사이로 잘 정돈된 잔디가 깔려 있었다. 잔디는 흡사 양탄자처럼 푹신푹신했다. 텐트를 칠 필요도 없을 듯했다. 무엇보다 물이 잔잔하게 흘러서 호택이를 편하게 했다. 심지어는 풀을 뜯다가 발을 강물에 살짝 담가보기도 했다. 당나귀 세계에서 호기심이란 대단한 도전이다.

강변 풀밭에 텐트를 칠까, 하다가 하늘을 바라보았다. 구름 한 점 없는 파란 하늘이었다. 오늘 저녁 얼마나 많은 별이 저 하늘을 수놓을까. 이때 알베르게의 문이 열리더니 그녀가 손짓하며 큰 소리로 외쳤다.

"안에서 저녁 좀 드세요."

그녀는 내게 저녁은 물론 샤워실도 공용이라며 알베르게 내부 시설을 이용해도 좋다고 했다.

저녁을 먹고 다시 강변으로 나와 잘 곳을 찾았다. 되도록 사람들의 눈에 띄지 않도록 어스름한 곳을 찾았다. 마침 강가에 작은 건물이 보였다. 건물 안에서는 윙윙 소리가 규칙적으로 들렸다. 양수 발전기가 돌아가는 소리 같았다. 크게 거슬리는 소리는 아니어서 건물 벽에 침낭을 펴고 누웠다. 밤이 깊어지자 별이 손에 잡힐 듯 다가왔다. 별을 세다 잠이 들었다.

꿈을 꾸었다. 절벽 요새에서 발사된 수많은 화살이 강 너머로 사라졌다. 건너편에는 불을 뿜는 괴물이 검은 구름 속에서 눈을 번뜩였다. 화살을 쏘는 병사들의 외침은 절박했다. 광풍을 일으키며 먹구름이 강을 건너오기 시작했다. 내가 잠들고 있는 강변으로 물이 쏟아져 들어왔다. 물에 잠기는 순간 숨을 쉴 수가 없었다. 정신이 혼미해져갔다.

몸을 떨며 눈을 떴다. 침낭이 흠뻑 젖은 것으로 보아 꿈이 아니었다.

"쉬익, 쉬익, 때깍, 때깍, 쉬익, 쉬익."

침낭 지퍼를 열고 바깥을 살펴보았다. 스프링클러가 돌며 강변 잔디에 물을 주고 있었다. 강을 따라 촘촘하게 설치된 스프링클러에서 물이 뿜어져 나왔다. 침낭 옆에 놓아두었던 가방은 이미 물로 흥건했다. 물먹은 침낭은 들기도 힘들었다. 팬티만 입은 채 짐을 챙겨 강변을 벗어났다. 시간을 보니 새벽 3시였다.

　　　　　　　　　　　　　　　　동키 호택

강에서 100여 미터 떨어진 곳에 아파트가 있었다. 나는 그곳으로 짐을 옮겼다. 다행히 아파트 건물 현관문이 열려 있었다. 잠을 자느라 사람들이 오가지 않은 것이 다행이었다. 알베르게의 문은 6시에 열린다. 나는 비닐로 만들어진 판초를 꺼내 몸을 덮었다. 젖은 옷을 입었으나 한기가 돌았다.

강 건너에서 동이 트기 시작했다. 어느 집에서 문 열리는 소리가 났다. 누군가 계단을 걸어 내려오는 소리가 들렸다. 젊은 여자가 복도에 웅크리고 있는 나를 발견하고는 흠칫 놀랐다. 하지만 애써 대수롭지 않다는 듯 종종걸음으로 아파트를 빠져나갔다. 잠시 후 그녀는 장을 봤는지 무언가를 사서 돌아왔다. 그녀의 눈에 나는 그저 처음 보는 동양인 노숙자였을 뿐이다.

"근데 어디서 이렇게 비를 맞으셨나요?"

그녀는 창밖으로 하늘을 쳐다보며 말했다. 하늘이 저렇게 맑은데 웬 비를 맞았냐는 것 같았다. 여자는 별일이라는 듯 연신 고개를 갸우뚱거리며 위층으로 올라갔다.

6시가 되자 알베르게의 문이 열렸다. 새벽에 떠나는 순례자들이 하나둘씩 길을 떠났다. 나는 젖은 짐을 챙겨 알베르게로 들어갔다. 사람들은 비를 맞은 듯 추레한 나를 보자 눈을 둥그렇게 떴다. 그중 일부 사람은 비가 오는 줄 알았는지 우비를 꺼내기도 했다.

▌오줌과 똥을 동시에 눌 때의 자세다.

"밤새 비가 왔나요? 당나귀는 젖지 않은 것 같은데 무슨 일
이죠?"

미스터리한 이 상황을 어찌 설명해야 할까. 처음부터 모든
것을 지켜보았을 호택이는 말이 없었다.

"호택아, 침묵은 금이 아니라 비겁한 거야."

나는 왜
여기에 와 있는가

며칠 후, 우리는 부르고스^{Burgos}를 앞에 두고 마음이 설레었
다. 우리라고 쓰지만 솔직히 호택이의 마음도 그러한지는 모르
겠다.

부르고스는 매우 매혹적인 도시다. 스페인의 기둥이라는
자부심이 매우 강한 곳이다. 호택이라고 이를 모를 리 없다.
걷는 모습이 평소보다 위풍당당하고 발걸음도 경쾌하지 않은
가. 돈키호테를 태우고 가는 비쩍 마른 로시난테에 비할 바가
아니다.

내가 어찌나 잘 챙겨 먹였는지 통통하게 살이 쪄 호택이의
엉덩이는 늦여름의 석류처럼 탐스러웠다. 게다가 산초 판사의

당나귀에게는 이름이 없지만, 우리 호택이는 '동키 호택'이라는 멋진 이름도 있다.

길가의 풍경도 점점 달라져 갔다. 리오하 지방은 포도밭 일색이었는데 어느덧 밀과 해바라기밭으로 변했다. 카스티야이레온주州는 풍경이 색달랐다. 불과 작은 산 하나, 작은 내를 건넜을 뿐인데 이토록 달라지다니. 길은 작고 낮은 산을 여러 번 오르내리며 이어졌다.

호택이의 자존감 역시 발걸음만큼이나 로시난테에 비할 바가 아니다. 호택이는 절대 먼저 알은체를 하지 않는다. 사람들이 다가와 아양을 떨면 그때야 비로소 아주 잠시 머리를 쓰다듬도록 허용할 뿐이다.

언덕으로 연결된 작은 숲을 빠져나오자 너른 들판이 펼쳐졌다. 숲에서 뻗어 나온 길은 벌판을 가로질러 꼬리를 감추었다. 우리를 지나쳐 간 순례객들이 개미처럼 작아지더니 길과 함께 사라졌다.

다시 길에는 우리만 남겨졌다. 추수가 끝난 벌판은 몹시 외로워 보였다. 멀리 마을이 보였다. 마을의 끝에는 골프장이 보였다. 카미노에서 보는 아주 낯선 풍경이었다. 골프장에는 한 사내가 티tee에 골프공을 올리고 있었다. 배가 불룩 나온 그가 뒤로 자빠지듯 드라이버를 휘둘렀다. 잘 맞았을 리가 없다. 웬 당나귀 한 마리와 낯선 동양인 사내가 골프장을 둘러친 철조망에 붙어 시시덕거리는 모습에 골프를 치던 사람들이 쳐다보았다. 호택이는 처음 보는 골프에 재미라도 느끼는 듯 자리를 뜨지 않았다.

태양은 아침에 보았던 그 자리에 머물러 있다가 저녁이 되면 느닷없이 서쪽으로 기울곤 한다. 산이 없으니 그렇게 느껴지는 것일까. 마을에 들어서자 작은 놀이터가 보였다. 호택이가 좋아하는 잔디류의 풀이 있어 하루를 묵기로 했다.

이때 지나가던 승용차가 우리 곁에 섰다. 두 남녀가 차에서 내리며 말했다.

"어머, 여기서 또 만나는군요."

금발의 여인이 반갑게 알은체를 했다. 어디선가 본 듯한 얼굴이다. 이럴 때는 무조건 반갑게 인사를 하는 것이 좋다. 경험상 매우 좋은 일이 생기기 때문이다.

"아이고, 안녕하세요. 반갑습니다."

여인은 남편으로 보이는 남자에게 무언가 열심히 설명했다. 남자의 표정이 환하게 바뀌더니 악수를 청했다. 순간 '저희 집으로 가서 하루 주무시죠?'라든가 '와인이라도 한 병 드릴까요?'라는 말이 머릿속을 스쳐 갔다.

기대와는 달리 부부는 악수를 끝낸 후 "부엔 카미노"를 외치

더니 차와 함께 홀연히 사라졌다. 헛된 기대가 사라졌을 뿐인
데 손해를 보았다는 느낌이 들었다. 기대가 없었다면 손해 볼
일도 아닌데 말이다.

놀이터 맞은편에 키 작은 나무로 둘러싸인 공원이 보였다.
자세히 보지 않았다면 그냥 지나칠 정도로 작았다. 돌로 만든
테이블이 있고 그 안에 수도 시설이 있었다. 울타리가 바람을
막아줘서 아늑해 보였다. 나는 페드로가 알려준 이른바 '생존
스파게티'를 해 먹기로 했다.

작은 포트에 찬물과 함께 반으로 뚝 자른 파스타를 넣었다.
물이 끓자 아끼던 작은 쏭지 통소림과 각설탕처럼 생긴 닭고
기 스톡을 넣었다. 파스타가 익어가자 입맛을 돋우는 냄새가
진동했다.

이 냄새를 맡았는지 동네 개 한 마리가 어슬렁거리며 나타
났다. 마음에 갈등이 생겼다. 나와 식성이 정반대인 호택이와
는 달리 이놈은 내 음식에 군침을 흘리고 있다.

개는 앞발로 땅을 긁거나 머리를 조아리며 낑낑거리는 소리
를 냈다. 그는 음식을 얻어먹으려 최선을 다하고 있었다. 나는
빼앗기지 않으려는 마음과 갈등했다. 결국 내가 이겼다. 내가
먹기를 마치자 개는 아쉬운 듯 사라졌다.

식사를 마치고 커피를 마시는데 한 순례자가 불편한 걸음걸

동키 호택

이로 다가오고 있었다. 가방에 태극기를 꽂은 것으로 보아 중년 남자는 한국 사람인 듯했다. 그가 절룩거리며 공원 안으로 들어왔다. 그는 내가 외국인처럼 보였는지 수도를 가리키며 영어로 말했다.

"Excuse me. Can I take some water(실례합니다. 물 좀 얻을 수 있을까요)?"

그가 유창한 영어로 이야기하자 나는 더 유창한 한국말로 말했다.

"그럼요."

그는 깜짝 놀란 표정을 지었다. 그리고 물병을 가득 채운 후 서둘러 길을 떠나려 했다.

"차나 한잔하고 가시죠?"

마침 불에 올려놓은 포트에서 물이 끓고 있었다. 사내는 잠시 머뭇거리더니 말했다.

"아닙니다. 제 목표를 채워야 해요. 하루에 35킬로미터를 걸어야 합니다. 이제 1킬로 남았어요."

"아, 거리를 정해놓고 걸으시는군요."

"네, 그렇게 걸으면 23일 만에 산티아고에 도착하거든요."

"23일만에 완주한다고요? 와! 대단하시네요."

길을 나서던 그가 뒤돌아서 내게 말했다.

"아마 성공한다면 말이죠, 제가 한국 최고의 기록일걸요. 신기록이죠."

아마도 그가 이 길에서 찾고자 했던 진리란 '신기록'이 아닐까?

그가 어둠 속으로 사라지자 가슴이 먹먹해졌다. 하루에 15킬로미터를 걷는 우리에게는 꿈같은 얘기다. 며칠 후 한 알베르게에서 지쳐 잠든 사람을 보았다. 그의 것으로 보이는 배낭에 태극기가 보였다. 그 남자였다.

모닥불 앞에서 차를 마시니 세상이 작은 공간 안으로 다 들어온 듯했다. 낮에 부한하게 커졌던 세상은 해가 지면 이렇게 작아진다. 모닥불이 허용하는 공간만이 나의 우주다.

늦은 밤, 기이한 복장을 한 사내가 우리를 보더니 기웃거렸다. 긴 외투와 나폴레옹이 썼던 것과 닮은 모자를 쓰고 있었다. 가지고 있는 지팡이는 사람 키를 훌쩍 넘는 길이에 끝에는 창이 달렸다. 방랑자로 착각할 정도였다. 사뭇 진지한 복장을 한 기인처럼 보여 웃음이 나올 뻔했다.

"잠시 불을 좀 쬐어도 될까요?"

그가 서툰 영어로 말했다. 그가 내 곁에 앉더니 봇짐 속에서 무언가를 주섬주섬 꺼냈다. 작은 유리병에 담긴 포도주를 꺼내 내게 건넸다. 내가 컵을 찾으려 하자 입에 대고 마시라는 시늉을 했다.

"오! 라이트 앤드 스위트."

내가 한 모금을 마신 후 과장된 표정을 지으며 말했다. 사실 나는 포도주의 맛을 잘 모른다. 그냥 하는 소리다. 와인을 마신 다음 근엄한 표정을 지으며 'light and sweet'라고 말하면 근사해 보인다. 그래서 한 거다.

와인 맛이 가볍다는 내 말에 그가 웃으며 말했다.

"이건 heavy(묵직한 맛)인걸요."

그의 말에 나의 허세가 들켜버렸다.

모닥불이 약해지자 그는 가지고 있던 지팡이로 장작을 뒤적거렸다. 꺼져가던 불이 되살아났다.

"인간관계란 이 모닥불과 같아요."

그가 갑자기 말을 툭 던졌다.

"모닥불요?"

"적당한 거리에 있어야지 그렇지 않고 너무 가까워지면 뜨겁고 멀어지면 추위를 느끼죠. 적당한 거리를 유지하다 불이 작아지면 장작 하나 던져주는 그런 관계."

어디서 들어본 듯한 이야기인데도 그의 말이 철학자의 말처럼 들렸다.

"당신은 어디에서 왔나요?"

내가 그에게 물었다. 이 질문은 내가 가장 유창하게 하는 영어 문장이기도 하다. 내 질문에 그가 이상한 대답을 했다.

"이 길에서 무언가를 얻으려면 철저히 혼자가 되어야 해요."

동문서답이다. 그는 혼자 말하고 혼자 결론을 냈다.

"혼자라뇨?"

"사람들을 보세요. 온통 타인만 바라보죠. 내가 그들에게 어떻게 보일까 전전긍긍하면서 살아요. 지금은 그런 삶을 내려놓고 나만 바라보라는 시간이에요. 그럼에도 사람들은 이 길을 갈 때마저 자랑거리를 만드느라 열심이잖아요."

그가 갑자기 내게 물었다.

"당신은 카미노 길을 왜 걷죠?"

"아, 뭐……."

나는 그의 갑작스러운 질문에 당황했다. 하마터면 '나를 찾기 위해서'라던가 '진리를 찾기 위해서'라고 말할 뻔했다. 나는 재빨리 되물었다.

"그럼 당신은 왜 이 길을 걸으시는 건가요?"

그가 봇짐을 들고 일어나며 말했다.

"나도 그걸 몰라서 물은 겁니다."

그가 떠난 후 나는 처음으로 '나는 왜 여기에 와 있는가'를

생각해보았다. 감추고 있던 수많은 욕심이 모닥불이 내는 빛
때문에 들춰진 것 같았다. 호택이는 아직도 열심히 풀만 뜯고
있을 뿐이다.

'쟤는 도무지 속을 알 수 없단 말이야.'

경찰의
에스코트를 받다

산토 도밍고 데 라 칼사다Santo Domingo De la Calzada라는 마을에서 일어난 일이다. 나는 마을의 한 골목 식당에서 이른 저녁을 먹고 있었다. 이때 식당 앞에 경광등을 밝힌 순찰차가 서더니 두 명의 경찰이 내렸다. 이들은 좁은 골목에 차를 세운 채 식당 안으로 들어왔다. 경찰들의 복장으로 보아 어떤 임무를 수행하는 중인 듯했다. 어쩌면 이 식당에 범죄자가 있을지도 모른다고 생각했다.

나는 범죄자가 누구일까 두리번거리며 찾아보았다. 식당 안은 아주 한산했다. 나와 노인 부부 두 테이블만이 식사를 하고 있었고 주인은 휴대전화에 코를 박은 채 키득거리고 있었다.

동키 호택

경찰을 보면 왠지 내가 무슨 죄를 지은 것이 없나 마음을 살피게 된다.

경찰은 나를 보더니 찾았다는 표정을 지었다. 그들은 거침없이 내게로 다가왔다.

"대성당 마당에 있는 당나귀의 주인이 당신인가요?"

호택이에게 무슨 일이 생긴 것이다. 아니다. 호택이가 무슨 짓을 벌인 게 분명했다. 나는 어찌나 놀랐는지 그만 맥주잔을 엎어버렸다.

"우리 호택이, 아니 당나귀에게 무슨 일이 있나요?"

"네, 함께 가시죠."

이 마을에 도착한 것은 오후 2시경이었다. 날씨가 쌀쌀해서 얇은 점퍼를 사려고 옷 가게에 들렀다. 마침 시에스타(Siesta: 오후에 낮잠을 자는 풍습) 시간이라서 문이 닫혀 있었다.

주인이 붙여놓은 쪽지에 적힌 4시라는 숫자를 보니 문을 열 때까지 두 시간 정도면 될 줄 알았다. 4시에 가보니 문을 열지 않았다. 6시가 되니 사람들이 옷 가게 앞에 모였다. 나는 줄을 선 한 여자에게 물었다.

"여기 4시라고 썼는데 왜 문을 아직도 안 열죠?"

"오, 이건 작년 크리스마스 때 써 붙여놨던 거예요. 얼마 안 있으면 크리스마스니까 그냥 놔뒀나 봐요. 여기는 6시에 문 열어요."

주인은 6시가 훌쩍 넘어서야 문을 열었다. 이런 이유로 나는 마을을 떠나지 못했다. 다음 마을인 벨로라도^{Belorado}까지 가려면 깊은 밤에야 도착할 것이다.

문제는 잠자리였다. 몇 안 되는 알베르게는 모두 문을 닫았고 마땅한 야영 장소도 없었다. 호택이는 오후 내내 성당 마당에 있는 올리브나무에 묶여 있었다.

호택이에 관한 소문이 순식간에 퍼졌다. 사람들이 몰려나왔고 한 초등학교 교사는 아예 선교생을 네리고 현장학습을 나왔다. 선생님은 호택이가 싸놓은 똥을 막대기로 이리저리 뒤적이며 아이들에게 무언가 열심히 설명했고 짓궂은 아이들은 호택이의 등에 올라타려고 했다.

조용한 마을이어서 이만한 일도 큰 소란이다. 출동한 여자 경찰관이 팔짱을 낀 채 줄곧 호택이를 주시했다. 이미 자신의 인기를 실감한 듯 느긋하게 즐기는 호택이를 보며 나는 안심하고 자리를 떠났었다.

경찰과 함께 호택이가 있는 대성당 마당으로 갔다. 나와 경찰이 다가오자 어둠 속에서 호택이의 눈이 번뜩거렸다. 그가 나를 보더니 앞발과 머리를 흔들며 반겼다. 가까이 다가가 보니 다행히도 호택이에게는 아무 일도 없어 보였다.

"당나귀를 여기서 재울 건가요?"

경찰이 묻자 나는 그렇다고 대답했다.

"여기서 재우시면 안 됩니다. 당장 옮기셔야 해요."

참 난감한 상황이 벌어졌다. 이 늦은 시간에 나가라니.

"이 밤에 어디로 가란 말인가요? 알베르게도 다 문을 닫았어요."

경찰은 이미 알고 있다는 듯 말했다.

"그래서 저희가 당나귀와 함께 머물 수 있는 곳을 다 알아놓았습니다. 저희가 앞장설 테니 저희 차를 따라오세요. 멀지 않습니다. 그런데 물이 없으니까 물은 챙겨 가셔야 해요."

순찰차의 경광등이 번쩍이며 앞장섰다. 우리는 경찰차를 따라 마을 밖에 있는 숲으로 이동했다. 경찰은 이곳에 텐트를 치라며 거들었다.

"보세요. 여긴 당나귀가 먹을 풀이 이렇게 많답니다."

경찰은 보람 있는 일을 했다는 듯 얼굴에 미소를 지었다.

"제가 오늘 밤 두 번 정도 더 이곳을 순찰할 테니까 안심하세요. 이곳은 안전하답니다."

그는 나와 사진을 찍고 호택이를 몇 번이나 쓰다듬고 나서야 차와 함께 사라졌다. 아마도 그는 내가 잠든 사이 약속대로 두어 번의 순찰을 돌았을 것이다. 천 년 전 이 길을 지켰던 템플기사단의 후예답게 말이다.

'시에스타 때문에 이게 무슨 난리람.'

시에스타는 스페인 사람들에겐 하나님 말씀보다 더 잘 지켜야 할 계시가 분명했다. 그만큼 스페인 사람들에게는 중요한 문화다.

여행 중 스페인 사람을 만난 적이 있다. 나는 그에게 시에스타가 스페인 사람들에게 어떤 의미인가 질문했다.

"시에스타를 꼭 지켜야 하나요?"

"으흠, 그럼 제가 예를 하나 들까요? 만일 시에스타 시간에 열심히 밭을 갈고 있는 농부가 있다고 합시다. 그 농부는 부지런한 사람일까요? 게으른 사람일까요?"

우리 기준으로는 당연히 부지런한 사람이었다. 이것에 반론이 있겠는가? 하지만 그의 대답은 달랐다.

"저희는 얼마나 게을렀으면 시에스타마저 즐기지 못한단 말인가 하고 봅니다."

시에스타라는 어원은 라틴어로 'Hora Sexta' 즉 '여섯 번째 시간'이라는 뜻이다. 해가 뜬 뒤 여섯 번째 기도를 올릴 시간(대략 정오)이 지나면 낮잠을 잔다는 의미다. 그래서 이들은 점심을 4시경에 먹거나 9시가 넘어서야 저녁을 먹는다. 지중해의 따가운 햇볕 아래에서 일하는 것은 차라리 잠자며 쉬는 것만도 못한 짓이었을 것이다.

이유야 다르지만 낮에는 이동하지 않는 사막의 카라반에게도 비슷한 문화가 있다. 이들은 낮에 쉬고 밤에 주로 이동한다. 사막의 열기를 피하려면 어쩔 수 없겠지만 밤하늘에 뿌려놓은 내비게이션을 따라 걷는 낭만을 어찌 빼놓으리오.

경찰이 돌아가고 평온한 밤이 찾아왔다. 피워놓은 모닥불이 흔들릴 때마다 풀을 뜯고 있는 호택이가 어둠 속에서 어른거렸다.

프라이팬을 꺼내 식사를 준비했다. 강한 기름 냄새가 작은 숲으로 퍼졌다. 저녁을 먹다 말아서인지 아주 맛있다. 달라야 잘 산다는 어른들의 말답게 우리의 식성이 이렇게 다른 것은 다행이다.

고기에 와인을 곁들여 왕의 식사를 즐기는데 갑자기 큰 개 한 마리가 숲속에서 뛰어나왔다. 뛰는 개를 잡으러 온 웬 사내도 함께.

그는 개의 목을 껴안더니 특유의 프랑스 말투로 내게 말했다.

"폴리스……?"

경찰을 두려워하는 듯 연신 주변을 두리번거렸다. 작은 체

사위가 어두워지는 이 시간은 내게 평온함과 함께 짙은 외로움이 찾아오는 시간
이다.

구의 프랑스 남자 청년이었다. 그는 숲속에 텐트를 치고 숨어
있었다고 했다. 아무 곳에서나 텐트를 치면 경찰에 잡혀가기
때문이라고 했다. 두 손을 정신 사납게 흔들며 호들갑을 떨었
다. 몸을 떠는 시늉도 했는데 정작 나는 고기에 정신이 팔려 있
었다.

'나 먹기에도 적은 양인데.'

혹시나 하는 마음으로 용기를 내어 물어보았다.

"저녁 먹었어요?"

"농(non, 아뇨)."

작은 머리, 감지 않아도 예쁘게 구불구불한 갈색 머리칼. 그

동키 호택

런 그가 호수 같은 눈을 깜박이며 굶었다고 말한다. 순롓길만 아니었다면 냉정했을 텐데. 아주 짧은 순간에 수많은 생각이 지나갔다.

"이거 같이 먹어요."

내가 먹으라는 시늉을 하자 그가 만면에 미소를 지으며 고기를 집어 들었다.

"메르시 보쿠(Merci beacoup, 고마워요)."

그리고 더 애절한 모습으로 바라보는 개의 입에 넣어주었다. 오병이어五餅二魚의 기적은 없었으나 개까지 먹여 살린 복받은 날이었다.

무엇을 먹을까
염려하지 말라

비야프랑카 몬테스 데 오카Villafranca Montes de Oca라는 마을을 앞두고 있었다. 길은 완만했으나 큰 도로가 많아서 호택이의 목줄을 단단히 붙잡고 걸어야 했다. 스페인의 10월은 아직 여름의 끝이어서 걷기에 더웠다. 마을마다 설치된 수도 시설이 없었다면 갈증이 심했을 것이다.

멀리 마을이 보였다. 작은 숲을 지나면 바로 마을이다. 호택이는 날파리들 때문에 연신 머리를 흔들며 걸었다. 숲을 벗어날 즈음 작은 다리가 보였다. 호택이에게 다리는 늘 두려운 곳이다. 게다가 좁고 높은 다리라서 호택이가 위협을 느낄 것 같았다. 멀리 떨어진 곳에 호택이를 두고 혼자 다리로 갔다. 일종의 정찰대원으로 간 셈이다.

좁은 개울을 따라 물이 빠르게 흘렀다. 나는 팬티만 입은 채 개울로 뛰어들었다. 어느새 호택이도 따라오더니 개울로 내려와 물을 마셨다. 나는 옷을 빨아 다리 난간에 널었다. 햇살이 좋아 빨래도 금세 마를 것 같았다. 이때 갑자기 큰 개 한 마리가 개울로 뛰어들었다. 리트리버다. 이 개는 붙임성이 좋고 장난스러웠다. 물 묻은 털을 털며 내게 장난을 걸어오기도 했다.

'그런데 이 개는 어디서 온 것일까?'

고개를 빼고 보니 젊은 여자가 호택이를 쓰다듬고 있는 것이 보였다. 손에 개줄을 쥐고 있는 것으로 보아 리트리버 주인임이 분명했다. 등에는 큰 배낭을 메고 있었다. 나는 팬티만 걸친 채 그녀가 다가오는 것을 바라보아야 했다. 옷을 입을 새도 없었다.

여자는 아무렇지도 않게 개가 물장난을 다 끝낼 때까지 다리에 앉아 있었다. 정작 당황한 것은 나였다.

"당신의 당나귀인가요?"

독일에서부터 개와 함께 걸어왔다는 그녀가 물었다. 나는 옷을 벗고 있었지만 가슴을 가리거나 하체를 가리지 않기로 마음먹었다. 오히려 몸을 가리거나 허둥댄다면 유럽인들의 정서로 볼 때 그게 더 이상한 짓이다.

"네, 그런데 저 개는 몇 살이에요?"

"두 살짜리 수캐예요. 당나귀는요?"

"일곱 살입니다. 개가 아주 붙임성이 좋네요."

내가 개 이야기를 하면 그녀는 당나귀 이야기로 대꾸했다.

"아주 예뻐요. 당나귀는 본능적으로 좋은 사람을 알아차린 대요. 제게 친절한 것을 보니 맞는 말 같기도 해요."

그녀가 개를 데리고 떠난 후 나는 수영팬티가 하나 있으면 좋겠다고 생각했다. 평소에 수영팬티를 입고 다니다가 물이 나타나면 들어갈 수도 있으니 일석이조라 생각했다.

이 마을에 있는 유일한 알베르게는 경사면을 따라 지어졌다. 지금까지 보아왔던 알베르게와는 달리 크고 웅장했다. 알베르게라기보다 호텔이라고 해도 좋을 것 같았다. 알베르게 건물 안에는 제법 넓은 풀밭이 있어 호택이를 재울 수 있을 것으로 보였다.

호텔 카운터에서 50대로 보이는 여자 매니저가 사람들의 체크인을 돕고 있었다.

"부로(당나귀)!"

갑자기 나이 든 여자가 문을 열고 들어오며 큰 소리로 외쳤다. 그녀는 어찌나 흥분했는지 하마터면 자빠질 뻔했다. 나는 호택이가 무슨 사고라도 쳤나 싶어 가슴이 철렁했다. 그녀는 딸처럼 보이는 매니저에게 소리치며 달려왔다.

"얘야, 저 밖에 당나귀가 있어. 어서 나가봐. 세상에나! 얼마나 예쁜지 몰라, 호호호."

당나귀를 보면 이성을 잃어버리는 전염병이 스페인 사람들에게 퍼졌나 보다. 스페인 사람들은 하나같이 호택이를 보면 그렇게 좋아했다. 손님들만 남겨둔 채 두 여자가 밖으로 뛰쳐나가버렸다. 단단히 미쳤다. 이걸 보고 아무렇지도 않게 기다리는 손님들은 더 이상했다.

다시 돌아온 딸과 어머니는 저렇게 예쁜 당나귀는 난생처음이라며 호들갑을 떨었다. 매니저의 어머니는 손수 호택이의 짐가방을 들어 짐 보관소로 옮겼다. 호택이는 그의 손에 이끌려 어딘가로 갔다. 당나귀 주인이 누구인지 그녀에겐 알 바 아닌 모양이다.

매니저가 창밖에 있는 넓은 풀밭을 가리키며 말했다.

"아주 옛날에는 이 마을에 당나귀가 가득 있었대요. 당나귀에 짐을 싣고 가는 사람들이 산을 넘기 전에 다 여기서 머물렀다잖아요. 이 마을에는 당나귀를 데리고 오는 사람들이 많았다는데 대부분 부르고스로 가는 장사꾼들이었죠."

호택이는 한적하고 풀이 무성한 곳에서 평화롭게 풀을 뜯고 있었다. 게다가 목줄과 연결된 얼굴 가죽끈들도 다 풀린 상태

┃ 겁이 많은 당나귀가 앉아서 자는 것은 위험이 완전히 해소되었다는 뜻이다.

였다. 이를 본 내 마음이 개운할 정도였다.

노부인은 나를 오래된 담벼락으로 데려갔다. 담벼락에는 둥근 쇠고리들이 여럿 박혀 있었다.

"말이나 당나귀의 목줄을 메어놓던 흔적이에요. 옛날에는 거의 모든 벽에 다 박혀 있었지요."

늦은 저녁 호택이를 살펴보니 풀밭에 앉아 잠자는 모습이 보였다.

다음 날 아침 노부인은 떠나는 내게 삶은 달걀과 빵을 챙겨주었다. 우유도 한 병 있었다. 다 호택이가 벌어다 준 소득이다.

호텔을 나서자 가파른 언덕이 시작되었다. 호택이가 꾀를 부리기 시작했다. 컨디션이 좋아지면 으레 나타나는 증상이다. 좁은 언덕길에는 풀이 무성해서 호택이에게 유혹이 심했다. 나는 목줄을 자주 잡아당겨야 했다.

"이 줄은 당나귀를 통제하는 유일한 도구야. 만약에 당나귀에게 통제권을 빼앗기면 당나귀가 너를 통제하려 들 거야."

아리츠와 엘레나가 여러 번 당부했던 충고가 떠올랐다. 길가의 풀을 먹으려는 호택이와 이를 저지하려는 신경전이 계속되었다. 혹여 지기라도 하면 끝장이라는 생각이 머릿속을 지배했다.

그런데 이상한 일이다. 어느 순간 점점 통제할 의지가 사라졌다. 호택이가 풀 뜯는 모습을 보고 있노라면 마음에 평화가 찾아왔다. 나는 차츰 그가 좋아하는 풀을 알아보게 되었다.

아헤스 마을로 향하며 이상한 일이 벌어졌다. 호택이가 좋아하는 풀을 발견하면 내 발이 먼저 멈췄다. 우리 호택이가 맛있게 먹을 것을 생각하니 지나칠 수가 없었다. 옛말에 '미운 아이 떡 하나 더 준다'는 말은 틀린 말이다. 예쁜 아이에게 떡 하나 더 주는 게 부모다. 아리츠가 말한 기준으로 본다면 나는 분명 위험한 길로 들어섰다. 이제 곧 호택이를 짊어지고 다녀야 할지도 모른다.

산을 오르니 평지가 계속되었다. 당나귀의 눈으로 보면 온통 먹을거리다. 길옆에는 영화 〈왕좌의 게임〉에서 보았던 우람한 나무들이 서 있다. 나무 밑에는 당나귀가 좋아하는 도토리가 무성하게 쌓여 있다.

호택이의 짐가방은 점점 도토리로 가득 찼다. 무엇을 먹을까 걱정하지 말라는 신의 말씀은 호택이에게서 완전히 증명된 셈이다. 하지만 나는 아직도 무엇을 먹을까 오늘도 걱정이었다.

저녁이 되어 아헤스 마을에 도착했다. 작고 아담한 알베르게에는 이미 도착한 사람들이 차를 마시고 있었다. 나는 호택이를 데리고 마을 입구로 나가 풀밭에 있는 나무에 묶어두었다. 호택이는 먹을 풀이 있는 한 그곳을 떠나는 법이 없다. 나는 다시 알베르게로 돌아와 짐을 풀었다. 알베르게의 1층은 식당 겸 카페로 운영되었다. 마침 한국에서 온 중년 남자가 있어 그와 맥주 한잔을 즐겼다.

저녁을 먹고 호택이를 데리러 그를 묶어놓았던 장소로 갔다. 알베르게의 주인이 건물 뒤편에 당나귀를 재우라고 허락했기 때문이다.

그런데 호택이가 보이지 않았다. 황급히 달려가 이미 추수가 끝난 황량한 벌판에서 호택이를 찾아보았다. 너른 들에도 그의 모습은 보이지 않았다. 당나귀는 웬만하면 달리지 않는다. 그렇다면 그가 벌판 너머로 멀리 도망갈 일은 없었다. 그리고 도망갈 이유도 없다.

한참을 두리번거리는데 마을 안쪽에서 한 노인이 호택이를 데리고 나타났다. 노인은 능숙하게 호택이를 몰고 오더니 목줄을 내게 건네며 말했다.

"당나귀에게 물을 먹이고 왔어요. 목말라하는 것 같아서요."

아, 정말이지 극진하다. 어쩌면 호택이는 전생에 황제였을지도 모른다는 생각이 들었다.

수영팬티를 원했더니
수영장까지 주셨다

아헤스 마을 알베르게를 막 떠나려던 참이었다. 누군가 버리고 간 수영팬티를 발견했다. 알베르게 주인은 며칠 전부터 그곳에 있었다며 원하면 가져가라고 했다. 며칠 전에 개울에서 목욕하다 수영팬티가 있었으면 좋겠다고 생각한 지 하루 만에 수영팬티가 생겼다. 무엇을 입을까 걱정하지 말라던 하나님의 은총이 내게도 내렸나 보다. 아주 잠시였지만 신에 관해 진지하게 생각했다.

길가에 있는 허름한 구멍가게가 보였다. 여러 명의 순례자가 아침을 먹고 있었다. 가게 안에는 순례자들이 필요한 물건들이 알차게 진열되어 있었다. 붕대, 소독약, 바셀린과 소염제,

│ 호택이 등에는 빨랫줄이 있다. 포도 송이에서 과자, 양말, 수영팬티까지 이것저
  것 매달아놓는다.

진통제도 보였다. 아픈 순례자가 많다는 의미다. 가게에 진열
된 물건을 보면 대충 이 지점에서 겪을 순례자들의 고충을 알
수 있다.

　카운터가 좁아 보일 정도로 뚱뚱한 주인이 미소로 반겼다.
알베르게에서의 조식이란 빵 한 조각과 커피 한 잔이 전부였
다. 그것만으로는 부족했다. 배가 고팠다. 순렛길을 걷는 일은
에너지 소모가 크다.

　나는 빵과 치즈 그리고 우유로 아침 식사를 하고 있었다. 내
가 아침을 먹는 동안 아주머니는 창밖에 있는 호택이에게 눈
을 떼지 않았다. 갑자기 아주머니가 "부로!" 하고 외치며 밖으

로 뛰쳐나갔다. 호택이가 똥을 싸자 곧바로 달려 나간 것이다. 아주머니는 쓰레받기와 빗자루를 들고 손수 똥을 치웠다.

이런 와중에도 나는 먹던 빵과 우유를 다 먹고 일어났다. 이제 당나귀 똥 치우는 일은 나 말고도 할 사람이 이렇게나 많기 때문이다.

잠시 후 아주머니는 진열대에 놓인 큼직한 빵을 들고 나가 호택이에게 먹였다. 당나귀를 섬기는 것은 스페인 사람들의 성스럽고 당연한 의무라고 생각하니 놀랄 일도 아니었다. 나는 도도한 성직자처럼 감사의 말을 자제하기로 했다.

고개를 넘으니 부르고스로 향하는 들판에서 두 갈래로 길이 갈라졌다. 나는 작은 강이 보이는 길을 택했다. 마을 이름이 킨타니야 리오피코Quintanilla Riopico인 것으로 보아 눈앞에 보이는 것이 피코강이라 생각했다.

이 작은 마을은 왠지 쓸쓸하고 심심해 보이기까지 했다. 배가 고파왔다. 마을 입구에 샌드위치 가게가 있어 들어갔다. 주인으로 보이는 한 사내가 탁자에 엎드려 졸다가 인기척에 화들짝 놀라며 몸을 일으켰다. 그 모습이 미덥지 않았으나, 잠시 후 나온 음식을 보고 입이 벌어졌다. 치즈와 토마토 그리고 소고기가 먹음직스럽고 정갈했기 때문이다. 커피를 내온 주인이 옆에 앉으며 말했다.

동키 호택

"오늘 저희 알베르게에서 주무실래요? 가게랑 같이 운영하고 있거든요. 단돈 4유로랍니다."

그는 언덕 위에 있는 알베르게를 가리키며 말했다. 싸면 다 이유가 있다. 내가 머뭇거리자 그가 말을 이었다.

"원래 15유로는 받아야 하는데 팬데믹이라 손님이 전혀 없어요."

솔직한 그 말에 마음이 움직였다. 손님이 없다는 말에 동정심도 들었다. 게다가 거친 돌산을 넘어오느라 호택이의 발에 피가 흘렀다. 쉬어가는 것이 맞다.

주인을 따라 호택이가 앞장서 걸었다. 그가 운영하는 알베르게는 높은 지대에 있어 전망이 좋았다. '미네라'라는 이름을 가진 알베르게 옆에는 오래된 교회가 있었다. 교회는 오랫동안 사용하지 않는 듯 녹슨 자물쇠로 굳게 닫혀 있었다. 문틈으로 안을 들여다보았다. 어두운 성당 맞은편으로 십자가에 외롭게 매달린 예수상이 보였다. 제단 옆으로 마리아로 보이는 석상이 있고 한편에는 지팡이를 든 야고보 성자가 고개를 숙이고 있었다.

작은 의자와 빛바랜 탁자들을 보아 오랜 역사를 가진 교회임이 분명했다. 한때는 사람들의 경건한 장소였으나 지금은 문사이로 기웃거리는 나그네의 호기심 어린 눈빛만 머무는 장소일 뿐이다. 교회 마당에는 풀이 무성했고 경사면을 따라 작은 포도밭이 이어졌다.

"제 포도밭이에요. 요즘 포도는 달고 맛있죠. 마음대로 따 드셔도 돼요."

주인의 친절이 이미 4유로의 가치를 넘었다.

"내일 아침도 가게에서 먹을게요."

그는 아무렴 어떠냐는 듯 웃어 보였다.

알베르게로 들어선 나는 깜짝 놀랐다. 생각지도 않았던 제법 큰 수영장이 있는 것이 아닌가. 갑자기 순렛길 여행을 하는 동안 어떤 패턴이 있다는 생각이 들었다.

'구하라. 그러면 너희에게 주실 것이요(마태복음 7:7).'

수영팬티를 달라고 했는데 오늘은 아예 수영장까지 주셨다. 수영장이 딸린 알베르게는 상상하지도 못한 일이었다.

지금까지 이런 일이 한두 번이 아니었다. 호택이에 먹일 것이 없어 고민했던 롤카에서는 한 노인이 빵을 주었고, 망가진 신발 때문에 걱정했을 때는 바로 새 신발을 얻었다. 이후로도 이러한 일은 계속 반복되었다. 교회 앞을 아무렇지도 않게 지나쳤었는데 언젠가부터는 그 앞을 그냥 지나치려면 왠지 께름칙했다. 이때부터 임석환 신부님이 뜻 모르게 내게 준 돈 봉투가 열리기 시작했다. 내가 카미노 순렛길을 떠난다고 하자 그가 내게 준 돈이었다. 무려 1,500유로나 되는 큰돈이었다. 얼떨결에 받았으나 이유가 있을 것이라 생각하며 고이 간직한 돈이었다. 비로소 이 길에서 흘린 수많은 사람의 피와 고통을 나누게 되었다.

저녁이 되었다. 간단히 무엇을 좀 해 먹으려고 부엌으로 들어가려는데 알베르게 주인의 어머니로 보이는 노부인이 문을 열고 들어왔다. 그는 온화한 미소를 지으며 내게 무엇인가를 내밀었다. 오븐에 구운 케이크였다.

"생일 축하드려요."

그러고 보니 10월 19일, 나의 생일날이었다. 낯선 곳에서 맞이하는 생일이라 감격이 컸다. 함께 여행했던 청년의 귀띔으로 차려진 생일상이었다. 촛불이 하나씩 켜질 때마다 세상은 그만큼씩 넓어졌다. 창밖에 별이 쏟아졌다.

당나귀 고집에는
다 계획이 있다

    호택이의 짐 가방은 산길을 지나다 주워 온 도토리와 사람들이 준 마른 빵으로 가득했다. 우리는 부르고스 대성당 광장 가운데 의자에 앉아 마른 빵을 꺼내 먹었다.

    당나귀는 호밀과 같은 곡물류를 좋아한다. 사람들은 그들이 먹다 남아 딱딱하게 마른 빵을 호택이에게 주곤 했다. 이 빵을 언젠가부터 나도 함께 먹기 시작했다. 딱딱한 빵을 입에 넣은 다음 어금니로 살살 부순다. 잘게 부서진 빵 부스러기를 고인 침으로 녹여 먹는다. 그러면 누룽지를 먹는 것처럼 고소한 맛이 입안에 퍼진다.

    부르고스 대성당은 거대하고 아름다웠다. 산티아고 길의 대표적인 성당 중 한 곳이어서 주변에 알베르게가 많다. 아름답고 웅장한 대성당에 끌려 그만 시간을 지체해버렸다. 겨울의 스페인은 낮이 짧아 어물거릴 시간이 없다.

이미 해가 기울어 다음 마을로 떠나기는 어려웠다. 나는 잠을 자기 위해 광장 주변의 어스름한 곳을 찾아 나섰다. 부르고스 대성당의 광장을 나서자 시내를 관통하는 강이 보였다. 제법 큰 강으로 주변에 나무와 잔디가 무성했다. 우리는 강가에서 하룻밤을 보내기로 했다.

강에 이르자 많은 날파리들이 호택이에게 일제히 달려들기 시작했다. 모여든 것은 날파리만이 아니었다. 저녁 산책을 나온 사람들이 하나둘 모여들더니 이내 다리 난간을 가득 메웠다. 시간이 지나자 소문이 퍼졌는지 아이들을 데리고 나오는 사람들도 있었다. 밤이 깊도록 이들은 집으로 돌아가지 않았다.

더 큰 문제는 개들이 몰려들면서 발생했다. 개들이 호택이를 외계 동물로 보았는지 결사적으로 짖어댔다. 이런 일생일대의 결투 신청 속에서도 호택이는 풀을 뜯으며 아랑곳하지 않았다. 그야말로 개무시를 당한 개들의 발악이 더욱 거세졌다. 조용하던 도시가 개 짖는 소리로 요란해졌다.

나는 어스름한 곳에 텐트를 치고 잠을 청했다. 얼마의 시간이 흘렀다. 텐트 밖으로 경찰차의 경광등이 번쩍거렸다. 밖으로 나오니 세 명의 경찰이 다가왔다.

"혹시 저 당나귀 주인인가요?"

"네, 그렇습니다."

"저 당나귀는 왜 데리고 오신 거죠?"

젊은 경찰은 유창한 영어로 말했다.

"저는 산티아고 순롓길을 걷고 있습니다. 당나귀는 제 동행자입니다."

나는 진지한 표정을 짓고 손으로 성호를 긋는 시늉을 했다.

"도시에서는 동물과의 야영이 금지되어 있어요. 가축 등록증을 보여주세요."

나는 내 여권과 아리츠가 챙겨준 가축 등록증Equine Passport을 내보였다.

| 가축 등록증.

"다행히 증명서가 있군요. 자, 지금 바로 이동해주세요. 여기서 8킬로미터 정도 가면 마을이 나옵니다. 그 마을의 공원에서는 야영하실 수 있습니다."

이런 와중에도 개와 호택이의 신경전은 더욱 거세지는 분위기였다.

동키 호택

똥개도 제 동네에서는 한 수 접고 들어간다더니 그 말이 딱이다. 아프리카에서 하이에나가 당나귀에게 물려 죽는 꼴을 봤다면 저 개가 저리 짖지는 못했을 것이다.

"지금 당장은 이동하기가 어렵습니다. 오늘은 여기서 자고 내일 아침에 일찍 떠나면 안 될까요? 당나귀가 밤길을 무서워해서요."

나는 호택이를 꼭 안으며 경찰에게 선처를 바랐다. 경찰은 난감한 표정을 지었다.

"그럼 내일 8시 전에는 꼭 떠나셔야 합니다. 사람들의 출근 시간 전에 말이에요."

경찰이 시민들을 돌려보내자 다시 평화가 찾아왔다. 경찰들은 내일 아침 시민들의 출근 시간이 되기 전에 떠나줄 것을 신신당부했다. 언제나 그렇듯 경찰은 늘 관대하고 친절했다.

짙은 먹구름이 몰려왔다. 나는 호택이를 다리 밑에 옮겨두었다. 긴 목줄을 다리 난간에 묶었다. 초저녁이 지나자 날파리들도 제 갈 길로 떠났다. 호택이에게도 평온함이 찾아왔다.

나는 고목 밑에 매트를 깔았다. 굵은 나뭇가지가 하늘을 가렸다. 보슬비가 내리기 시작했다. 나뭇가지가 지붕이 되어 빗물을 막아주었다.

긴박했던 하루가 지나고 나에게도 평온이 찾아왔다. 가을이 깊어지는 스페인의 밤은 싸늘했다. 긴장으로 가려졌던 피로가 밀려와 쉽게 잠이 들었다.

이른 새벽 빗소리에 잠이 깼다. 가랑비가 내리고 있었고 침 낭은 축축했다. 호택이가 젖은 풀을 뜯으며 하루를 시작하고 있었다. 목줄이 풀렸는지 이곳저곳을 돌아다녔다. 경찰과 약속 한 대로 짐을 챙겨 도시를 떠났다.

부르고스대학교의 담장을 따라 노란 화살표가 이어져 있었다. 가로등만이 홀로 찬란한 길에는 가끔 차가 지나갔다. 호택이와 함께 내는 발소리기 적막을 깼다.

스페인의 도시는 일종의 성곽 도시다. 성곽을 벗어나면 급격히 시골길이 이어진다. 여전히 비가 내렸다. 우비도 없는 우리는 비를 고스란히 맞으며 걸었다.

아침 8시가 되기 전 우리는 이 멋진 도시를 완전히 벗어났다. 새벽에 걷는 것은 처음이었다.

길에는 카스티야이레온Castilla y León이라고 쓰인 간판이 많았다. 카스티야와 레온이라는 말은 두 왕국이 합쳐져 생긴 주의 이름을 뜻했다. 그런데 레온이라는 글자를 빨간색 스프레이로 지워놓았다. 이러한 현상은 레온에 들어서며 바뀌었다. 이번에는 카스티야라는 글자에 선명한 빨간색 스프레이가 뿌려져 있

동키 호택

┃ 청년들이 팬 서비스에 야박한 호택이를 보고 있다.

었다. 이들의 갈등이 만만치 않음을 느꼈다.

어느 폐가의 처마 밑에서 아침을 먹으려는데 두 청년이 걸어왔다. 그들도 비를 고스란히 맞고 있었다. 당나귀를 보자 재밌다는 듯 서로의 얼굴을 쳐다보았다.

"아, 그 당나귀야!"

한 청년이 호택이를 본 적이 있다고 했다. 이즈음 산티아고 순례자들이 모인 인터넷 커뮤니티에서 우리의 이야기가 단연 화제가 되고 있었다. 이용자가 2만 5천 명이 넘는 사이트였다.

우리는 하루에 15킬로미터 이상 걷지 않았다. 실제로는 하루에 10킬로미터를 걷는 것이 고작이었다. 보통 순례자들이 걷는 거리의 반 정도이다 보니 많은 순례자가 우리를 지나쳐

갔다. 그 사람들이 우리 사진을 커뮤니티에 올린 것이다.

비가 다시 거세졌다. 청년들은 아랑곳하지 않고 빗속으로 사라졌다. 비가 처마 밑까지 들이치기 시작했다. 비를 피할 다른 장소가 필요했다.

다행히 조금 떨어진 길가에 버스 정류소가 보였다. 그곳에는 비를 피할 수 있는 지붕도 있고 쉬기 딱 좋은 긴 의자도 있었다. 나는 그곳으로 짐을 옮겼다.

호택이도 비를 피하면 좋으련만 안으로 들어오지 않으려 했다. 달래기도 하고 겁도 줘봤지만 그는 온몸으로 비를 맞고 밖에 서 있있다. 아무리 실득해도 그는 요지부동이었다. 비가 기세지자 빗물이 그의 몸을 모두 적셨다.

'바보 멍청이. 그러다 감기나 걸리라지.'

나는 당나귀가 얼마나 고집스러운지를 실감했다.

빗물이 호택이의 얼굴을 타고 뚝뚝 흘러내렸다. 몸은 물에 빠진 쥐처럼 처량하기 그지없었다.

비는 예상보다 오래 내렸다. 나는 의자에 누워 낮잠을 잤다. 잠을 자다가도 실눈을 뜨고 봤는데 호택이는 그 비를 고스란히 맞고 서 있었다. 사실 당나귀나 말의 수면 습관은 특이하다. 무릎 관절에 자물쇠 역할을 하는 근육이 있어서 앉아서 자나 서서 자나 별반 차이가 없다.

단, 아리츠가 말하길, 세워서 재울 때는 목줄을 짧게 매어놓
아야 한단다. 잠자는 동안 앉지 못하도록 말이다. 밤새 나무 기
둥에 코를 박고 꼼짝 못 하는 그를 보고 마음이 안쓰러워 언젠
가 목줄을 길게 매어준 적이 있었다. 다음 날 아침 나는 온몸에
똥칠을 한 호택이를 발견했다.

이윽고 비가 그쳤다. 나는 손으로 호택이의 물기를 털어주
려 했다. 손을 대는 순간 깜짝 놀랐다. 그의 털은 겉만 젖었을
뿐 속은 습기 하나 없었다. 손가락으로 털을 만져보니 뽀송뽀
송했다. 흡사 초가지붕 같았다. 이해하지 못했던 아리츠의 말
이 비로소 떠올랐다.

"당나귀는 비가 오나 눈이 오나 잠자는 데는 아무런 상관이
없어. 그냥 내버려두면 되지. 당나귀가 두려워하는 것은 비가
아니야. 비가 떨어지며 낙엽과 부딪힐 때 내는 작은 소리니까,
비 오는 날에는 큰 나무 밑에서 재우도록 해."

하나님의 말씀을 온전히 실천할 수 있는 존재는 호택이가
분명하다. 이놈은 무슨 걱정이란 걸 할 게 없다. 이 길을 걷기
도 전에 깨달음에 도달한 호택이다. 호택이의 입장에서 본다
면 사람들이 왜 이 길에서 번민하는지 이해될 리가 없을 것
이다.

SAN ANTÓN

천년의
메시지

우리는 부르고스의 영토가 끝나는 카스트로에리스^{Castroheriz}라는 마을을 향해 가고 있었다. 산 위에 우뚝 솟은 요새는 메세타평원 어디에서도 볼 수 있을 정도로 특별했다. 이 요새는 '스페인의 식탁'이라고 불리는 메세타평원의 시작점 언저리에 있었다.

멀리 길을 가로질러 아치형의 문이 보였다. 마치 거인의 가랑이 사이로 길이 난 듯한 것이, 판타지영화에서나 나올 법한 분위기였다. 이 문은 거대한 성이 무너져 겨우 남은 폐허의 일부다. 문을 지탱하고 있는 담벼락에 사자 그림의 문장이 선명하게 남아 있다. 사자 그림은 레온왕국의 문장이다.

"드디어 레온의 땅에 들어온 거야."

입에서 탄성이 나왔다. 카스티야왕국과 합쳐진 레온왕국의 땅이 시작됨을 알렸다. 스페인의 국기에는 4등분된 방패가 그려져 있다. 그중 굳건한 성은 카스티야왕국을, 사자상은 레온왕국을 상징한다. 이 두 개의 왕국이 지금은 한 개의 주로 묶여 있다.

문 옆으로 철문이 활짝 열려 있었다. 뒤따라오던 호택이가 철문 앞에서 기웃거렸다. 나는 호택이를 한 번 부른 다음 아치형의 문을 지나 카스트로에리스 마을을 향해 걸어갔다.

한참을 길었는데 문득 돌아보니 호택이가 보이지 않았다. 그 대신 한 어린 여자아이가 나를 향해 돌아오라는 듯 손짓하며 달려왔다. 노란 곱슬머리를 한 소녀는 내게 영어로 물었다.

"나는 테레사라고 해요. 아저씨 이름은요?"

티 없이 맑은 눈을 가진 아이였다.

"응, 내 이름은 택시란다. 부릉부릉 택시."

"택시? 진짜요?"

아이는 재밌다는 듯 표정을 손뼉을 치며 내 팔을 끌었다. 열린 철문 사이로 오래된 정원으로 보이는 넓은 공간이 드러났다. 오래전에 있었을 지붕은 모두 무너져 사방의 벽만이 간신히 남아 있었다. 십여 명의 사내들이 식탁에 둘러앉아 와인을

┃ 손님이 거의 찾아오지 않는 이 알베르게의 후원자들. 목욕도 할 수 없고 전기도 없으며 게다가 와이파이가 없다는 치명적인 단점이 있는 곳이다.

마시고 있었다.

내가 들어서자 사람들이 일어서며 일제히 소리를 질렀다. 특히 페페라는 이름을 가진 사람의 목소리가 어찌나 큰지 건물이 흔들릴 정도였다.

"어서 오세요. 당신을 환영합니다."

"이 아저씨 이름, 택시래요. 부릉부릉 택시요."

"이름이 택시라고?"

테레사가 내 이름을 소개하자 사람들은 박수를 치며 웃었다.

"길에서 내 이름을 부르면 지나가던 택시들이 다 선다니까요. 하하하!"

흰 구레나룻과 건장한 몸집의 사내 페페가 "끼익"하고 브레이크 밟는 소리를 냈다. 순식간에 화기애애한 분위기가 감돌았다.

식탁 옆에는 와인을 가득 담은 상자가 보였다. 느낌이 좋다. 여러 명의 여자가 부엌에서 무언가를 만드느라 바빴다. 호르헤라는 이름의 남자가 내게 포도주를 따라주며 말했다.

"잘 오셨습니다. 당신은 먹을 복이 타고났어요. 지금 여자들이 파에야를 만들고 있답니다. 파에야는 아주 정성이 많이 들어가는 음식이에요. 지금 세 시간째 만들고 있는데 당신은 딱 시간을 맞춰 여기에 왔군요."

호택이는 사람들이 뜯어주는 빵을 받아먹느라 식탁 주위를 드나들었다. 이윽고 여인들이 파에야를 들고 밖으로 나왔다.

"오늘 마음껏 드시고 여기서 주무시고 가세요. 여기는 알베르게랍니다."

호르헤의 말에 페페가 맞장구를 쳤다.

"이곳이야말로 진정한 알베르게란 말이지. 무료로 잘 수 있다고."

페페는 양손에 와인을 들고 호탕한 웃음을 지었다. 집을 떠나 밥이 그리웠다면 쌀이 기본으로 들어가는 파에야는 꿩 대신 닭인 셈이다.

"와인은 우리 카스티야 사람들에게 자동차의 기름과 같지. 마시지 않으면 제구실을 못해요. 하하하."

분위기를 이끄는 것은 페페이고 장단을 맞추는 사람은 흥이 많은 호르헤 그리고 루르데스라는 여자였다. 군인 출신이라는 페페는 연신 군가를 불러댔다. 나도 질세라 군가와 애국가를 번갈아 부르며 흥을 돋웠다.

"자, 마시자고! 여행을 계속하려면 바로 이 와인을 마셔야 해. 부릉부릉."

루르데스는 자신을 부르고스대학교의 도서관장이라고 소개했다.

"당신이 책을 내면 우리 도서관에도 한 권 소장할게요."

루르데스는 "뷰티풀!"을 연발하며 내 볼이 닳도록 키스를 퍼부었다. 내가 아름다운 사람인 줄 그때 알았다.

곧이어 자신을 모니아라고 밝힌 한 여자가 다가왔다. 그는 이 알베르게의 관리자였다.

"여기서 주무시고 가세요. 여긴 무료 알베르게랍니다. 사람들의 기부로 운영되죠. 이분들이 기부자랍니다. 이곳에는 전기도 없고 따뜻한 물도 없어요. 와이파이도 당연히 없죠. 천 년 전의 하늘을 볼 수 있는 유일한 알베르게랍니다."

그녀는 무너져 내린 천장을 가리키며 말을 이었다.

"하지만 사람들은 와이파이가 없다고 하면 발길을 돌리죠. 사람들은 잠시라도 자신이 잊힐까 두려운가 봐요."

모니아가 미소를 지으며 말했다.

와인은 자동차의 기름과 같다던 페페의 말대로 그들은 타고 온 차를 몰고 사라졌다. 사람들이 돌아가자 육중한 철문이 닫히며 완전히 새로운 공간으로 바뀌었다. 지붕이 없어 텅 빈 하늘이 보이니 벽은 거대한 담이 되었다.

외부로부터 완전히 단절된 공간에 모니아와 우리 일행만 남겨졌다.

"모니아, 이곳은 원래 무슨 건물이었나요?"

"이곳은 13세기에 지어졌어요. 알폰소 6세 때 지어진 수녀원이에요. 원래 이 공간은 병들거나 다친 순례자들을 위한 병원이었다고 해요. 벽만 겨우 남고 천장은 모두 무너져 내렸어요. 이렇게 하늘이 뻥 뚫렸으니 진정한 하늘나라의 집이 된 거죠, 호호."

작은 문을 열고 들어가자 깨끗한 침대 여러 개가 놓여 있었다. 모니아는 방 안에 있는 촛대에 하나씩 불을 붙이며 말했다.

"촛불의 좋은 점은 필요한 것만 볼 수 있다는 거예요. 어둠이 주는 축복이랄까요. 우린 너무 많은 것을 보도록 강요당하잖아요?"

벽을 타고 들어오는 작은 바람에 촛불이 흔들렸다. 이때마다 사물들이 작게 떨렸다.

"당신은 먼 옛날 순례자들의 공간에 와 있는 거예요. 운이 좋다면 오늘 밤 당신은 진정한 순례자가 될 겁니다."

모니아는 벽에 기대어 놓은 기다란 무언가를 가리켰다.

"천 년 전엔 저런 지팡이를 들고 다녔대요."

그 지팡이에는 빗자루와 물을 담았을 박 그리고 조가비 두 개가 있었다. 그리고 끝에는 날카로운 십자가 모양의 창이 달려 있었다.

"보통의 지팡이는 몸을 지탱하지만 저 지팡이는 신념을 지탱했답니다."

"신념?"

아리송한 말이었지만 나는 고개를 끄덕였다.

"순례자들은 잠자리의 청결을 위해 빗자루를 가지고 다녔어요. 그리고 물병은 이 건조한 메세타평원에서 살아남을 수 있게 해주는 생명수였답니다."

그녀는 이어서 두 개의 조가비를 가리켰다.

"야고보의 성지로 가는 길은 아주 위험천만한 도전이었을 거예요. 이슬람 왕국은 강도나 산적 들의 배후로 의심받았죠.

이들은 위험에 스스로 맞서야 했다는군요. 저 조가비는 순례자임을 나타내는 비표였다고 해요."

그녀는 아침 식사가 8시에 있다는 말을 남기고 방을 나갔다. 잠시 무거운 침묵이 흘렀다. 세상으로부터 완전히 고립되었다. 창문 너머로 앉아 있는 호택이가 보였다. 호택이는 가끔 내가 있는 창문 쪽을 바라보곤 했다. 달빛을 받은 호택이의 눈빛을 보다 잠이 들었다.

꿈을 꾸었다. 깊은 밤 나는 추운 마당에 홀로 서 있었다. 호택이가 나를 보더니 자리에서 일어나 다가왔다. 우리는 고개를 들어 하늘을 올려다봤다. 뻥 뚫린 사각형의 지붕을 통해 하늘을 보는 순간 탄성이 터져 나왔다.

"와!"

하늘에는 별이 강물처럼 흘렀다. 은하수다. 오리온의 허리띠를 이루는 세 별이 뚜렷하게 보였다. 나는 천 년 전의 순례자들도 보았을 그 별들과 마주했다. 이때 삼형제별이 밝게 빛을 내며 들판을 가로지르더니 벌판 어딘가로 떨어졌다.

"와! 콤포스텔라!"

그 순간 벽에 세워져 있던 지팡이가 빛을 내며 떨기 시작했다. 나는 두 손으로 지팡이를 감싸 쥐었다. 지팡이를 잡은 채 호택이의 등에 올라탔다. 모든 것이 순식간에 벌어진 일이었다. 호택이가 힘차게 하늘을 향해 솟아올랐다. 그러더니 별이 떨어진 그곳을 향해 날아갔다.

떨어진 별이 초원에서 밝게 빛나고 있었다. 나는 어찌나 무서운지 눈을 감은 채 호택이의 목을 필사적으로 껴안았다. 곧이어 우리는 별이 떨어진 그곳으로 추락하기 시작했다.

부엌에서 모니아가 아침을 준비하는 소리가 들렸다.

"꿈을 꾸셨군요. 이곳에서 잠을 자는 사람은 모두 같은 꿈을 꾸나 봐요."

촛불이 하나씩 켜졌다. 방이 차츰 밝아졌다. 언제 왔는지 호택이가 창가로 다가와 기웃거렸다. 불빛에 비친 호택이의 눈이 붉게 빛났다.

호택이와
풀을 함께 뜯다

어느 때부터인가 이상한 버릇이 생겼다. 바로 길을 걸으며 호택이가 좋아하는 풀을 찾느라 두리번거리는 습관이 생긴 것이다. 멀리 호택이가 좋아하는 풀이 보이면 가던 길을 잠시 멈췄다. 이러다 보니 우리는 매우 더디게 전진했다. 하루 이동 목표 15킬로미터는 이미 깨진 지 오래였다.

우리가 식성이 다르다는 것은 아주 다행한 일이다. 나는 젖은 빵을, 그는 딱딱하게 굳은 빵을 좋아했다. 그가 풀을 아무리 맛있게 먹어도 나는 그의 음식을 탐하지 않았다. 반대로 내가 좋아하는 고기는 호택이에게는 관심 밖이었다.

그렇다고 다 그런 것은 아니다. 과자는 우리 둘 다 좋아하는 음식이었다. 내가 과자를 먹고 있으면 호택이가 슬그머니 다가와 뺏어 먹으려고 안달을 냈다. 특히 밀로 만든 과자라면 더 난리를 쳤다. 과자가 먹고 싶으면 호택이가 보지 않는 나무나 건물 뒤에 숨어야 했다. 그나마 우리의 주식은 풀과 고기로 나뉘어져 있으니 다행한 일이었다.

팔렌시아 지방의 시작점에 있는 마을 프로미스타Promista를 지나니 황량한 벌판이 펼쳐졌다. 기차역이 있고 마을이 끝나는 지점에 고속도로가 지나갔다. 도로 위를 가로지르는 다리를 건너면 바로 벌판으로 연결된다.

벌판 너머 멀리 마을이 보였다. 손에 잡힐 듯 가까워 보였지만 실제 거리는 5킬로미터나 되었다. 쉬지 않고 한 시간은 족히 걸어야 했다. 프로미스타 데 캄포스. 마을의 이름에 벌판을 의미하는 캄포스Campos라는 단어가 붙었다. 내 고향을 닮은 곳이라 왠지 정감이 갔다.

내 고향은 김포평야의 벌판 한가운데다. 모두가 쌀농사를 지으며 살았다. 우리 동네는 여러 이름을 가졌다. 정식 이름은 '대장리'였으나 사람들은 '벌동네'나 '섬말'이라고 불렀다. 벌판에 있어 벌동네, 논으로 둘러싸여 마치 섬처럼 보여 섬말이라고 한 듯하다. 이 마을도 벌동네였다.

인적이 거의 없는 길가에 여러 가지 풀들이 자라고 있었다.

동키 호택

피레네를 떠나 지역이 바뀔 때마다 풀의 종류도 바뀌었다. 호택이가 피레네에서 익숙하게 먹어왔던 풀과는 생김새가 다를 것이다. 그러나 한 번도 본 적이 없는 풀이어도 호택이는 먹을 풀과 그렇지 않은 풀을 정확히 구분했다.

물론 가축들이 주식으로 하는 잔디류의 풀은 어디에나 많았다. 잔디가 주식이고 씀바귀나 국화류의 식물은 특식이랄까.

캄포스 마을로 가는 도중 호택이가 갑자기 풀에 관심을 보였다. 길가에 처음 보는 풀들이 다양하게 있었기 때문이다. 나는 옆에 주저앉아서 호택이의 모습을 지켜보았다.

그는 탐색이 끝나고 안전하다 결정되면 주저 없이 뜯어 먹었다. 일말의 주저함도 없다. 당나귀가 한번 먹기로 결정한 풀이 배탈을 일으키는 경우는 절대 없다.

갑자기 호택이가 먹는 풀의 맛이 궁금해졌다. 그가 먹는 풀과 그가 먹지 않는 풀들을 하나씩 뜯어 모았다. 나도 호택이 옆에 주저앉아 하나씩 맛을 보았다.

그가 먹는 풀은 대략 세 가지의 맛으로 나뉜다. 풀 맛, 단맛, 씁쌀한 맛. 풀 맛은 무어라 설명하기는 어렵지만 풀이 가지고 있는 고유한 맛이다. 단맛은 줄기를 씹었을 때 약간 달짝지근한 맛이 나고 쓴맛은 씀바귀류의 풀 맛이 난다.

먹지 않는 풀의 특징은 향이 난다는 것이다. 호택이는 허브류

의 풀은 먹지 않았다. 민트 향이 나는 풀은 철저하게 외면했다.

호택이가 매우 좋아하는 풀 중에 큰방가지똥 풀이란 게 있다. 이 풀은 씀바귀와 닮았다. 다른 점이라면 크기가 훨씬 크다는 점이다. 큰 것은 내 허리춤까지 자랐다. 이 풀이 호택이의 눈에 띄면 지나치기 어려웠다.

이 풀은 갈리시아 지방이 시작되는 오세브레이로O Cebreiro까지 흔하게 볼 수 있었는데, 나중에 안 사실이지만 이 풀은 동물 사료로 사용되고 있었다.

캄포스 마을에서 예기치 않은 사고가 일어났다. 호택이가 파리를 쫓으려고 한 뒷발질에 내 오른쪽 발목이 맞은 것이다. 아주 살짝 스치고 간 정도라 대수롭지 않게 생각했다.

마을 입구에 작은 성당이 있고 우거진 숲이 있어 하루를 묵어가려 했다. 성당 앞에는 나무가 우거졌고 풀이 무성했다. 돌로 만든 탁자도 있었다. 야영하기에 너무도 좋은 곳이었다. 성당을 마주 보고 작은 공동묘지가 보였다. 성당을 관리하는 노인이 다가왔다.

"순례자신가요? 당나귀를 데리고 가네요?"

그는 당나귀를 능숙하게 쓰다듬으며 말했다.

"내 어릴 적에는 이 길에 당나귀가 가득했어요. 짐을 가득

지고 다녔죠."

말을 하던 중 노인이 호택이의 입을 함부로 주물렀다. 호택이가 이러한 노인의 행동이 싫지 않은 듯 가만히 있자 은근히 질투가 났다. 노인의 행동보다 눈을 지그시 감고 있는 호택이가 더 못마땅했다.

마음을 꾹꾹 눌러 참는데 노인이 성당 문을 열었다. 성당 안은 어둡고 소박했다. 이때 호택이가 안으로 들어가려고 했다. 노인은 빗자루를 들어 호택이의 머리를 툭툭 치면서 몰아내려 했다. 호택이는 겁이 났는지 눈을 감고 머리를 흔들며 저항했다. 이 모습에 나도 모르게 소리를 질렀다.

"그만두세요!"

내 고함에 놀란 노인이 빗자루를 성당 바닥에 휙 던지고는 제단으로 향했다. 나는 호택이를 한적한 곳으로 데려갔다. 바람이 제법 세차게 불어왔다. 겨울의 첨병인 듯 바람 속에 찬 바람이 섞여왔다.

"이곳에서 잘 건가요? 이곳에는 물이 없는데."

노인이 이곳엔 물이 없다며 어디론가로 사라졌다. 잠시 후 노인은 큰 플라스틱 페트병 두 개에 물을 가득 채워 나타났다. 물을 전한 노인은 잘 지내라는 듯 손을 저으며 마을 속으로 사라졌다.

성당 문 앞에 모닥불을 피웠다. 바람이 불 때마다 텐트가 요동을 쳤다. 밤은 늘 외롭다. 어둠이 짙어질수록 모닥불은 밝아졌다. 모닥불이 타오르며 내는 소리가 적막을 깼다. 하늘의 별은 언제나 그 자리였다.

그날따라 트림이 계속 나왔는데 비릿한 풀 냄새가 목구멍을 타고 나왔다. 낮에 먹은 풀이 소화가 덜 된 모양이었다. 배가 고파왔다. 그러고 보니 오늘 하루 별반 먹은 것이 없었다. 프로미스타를 지나기 전 개울가에서 얻어먹은 치즈 몇 조각과 와인 한 잔이 전부였다.

문득 당나귀라는 동물이 나보다 우월한 게 아닐까 하는 의심이 처음으로 들었다. 나는 항상 무엇을 먹을까 고민하는데 호택이에게는 그런 고민이 없다. 그렇다고 열심히 일하는 것 같지도 않다. 그는 늘 통제당하면서도 삶에 대한 걱정이 없어 보인다. 그는 저축도 하지 않는다. 그가 지고 가는 짐 속에는 모두 나를 위한 것들뿐이다. 그럼에도 고통과 위험을 걱정하는 것은 나뿐이다.

낮에 살짝 맞은 발목이 퉁퉁 붓기 시작했다. 이것은 앞으로 다가올 심한 고통을 예고했다. 당시만 해도 나는 그 상처 때문에 산티아고 최대의 위기를 맞이할 줄은 꿈에도 몰랐다.

독사가 사는 곳엔
해독초도 있다

발목이 아팠다. 별것 아니겠지, 하고 생각했는데 오늘은 걷기조차 힘들었다.

야속하게도 내가 약해지니 호택이는 더욱 강해지려 했다. 우두머리 자리를 노리는 것은 야생의 본능이다. 특히 수컷이라면 어떤 동물이든 호시탐탐 도전할 기회를 엿본다. 가축이라고 예외는 아니다.

호택이에게는 우두머리가 될 절호의 기회였다.

당나귀를 제압하는 방법에는 목줄을 잡아당기거나 큰 소리를 내는 것 같은 고전적인 방법이 있다. 그리고 다소 웃기는 방법도 하나 있다. 작은 나뭇가지를 꺾어 코앞에 대면 한 발짝도

나가지 못한다. 더욱 적극적인 제압법도 있다. 속도다. 당나귀가 속도를 내려고 하면 더 빠른 걸음으로 앞서가는 일이다.

'자, 따라와보라고. 내가 너한테 질 것 같아?'

사람도 정신을 제압당하면 몸은 따라서 굴복한다. 이 방법으로 이기게 되면 당나귀는 당분간 도전할 엄두도 내지 않는다. 패배를 인정한 당나귀는 곧 속도를 낮추고 내 등 뒤에 붙어서 다소곳이 따라온다.

오늘은 이 모든 것이 불가능했다.

캄포스 마을을 떠나고 얼마 지나지 않아 통증 때문에 나는 호택이를 통제할 수 없게 되었다. 아리츠와 엘레네가 통제권을 뺏기지 말라고 여러 번 당부했었는데……. 내가 힘을 잃자 호택이는 나를 채소밭으로 끌고 들어갔다. 목줄을 단단히 붙잡으려 했으나 이미 나에겐 저항할 힘이 없었다. 그만 목줄을 놓쳤다. 호택이가 밭으로 거리낌 없이 들어가 풀을 뜯었다. 이것이 농작물이라면 농부의 항의를 받게 될 것이다.

그런데 목줄을 놓치는 순간 마음이 편해지는 이상한 기분이 들었다. 줄을 놓치면 큰일이라도 나는 줄 알았는데 마음에 평온이 찾아왔다.

'그래, 뭐. 네가 도망가야 얼마나 가겠어. 마음대로 하라고.'

멀리서 흰색 밴 한 대가 벌판을 가로질러 오고 있었다. 화난

밭 주인일 것이라고 짐작했다. 그가 도착하면 다친 발을 핑계로 하소연을 해볼 생각이었다.

차는 여러 번 방향을 바꾸더니 내 앞에 와 섰다. 배가 불룩하고 흰 수염을 기른 중년의 사내가 차에서 내렸다. 그는 나를 본 체도 하지 않고 풀을 뜯던 호택이에게 다가갔다. 그는 호택이에게 귓속말로 무슨 이야기를 하기도 하고 목덜미를 쓰다듬기도 하면서 강한 애정을 표현했다.

얼마 후 그가 내게 다가왔다.

"저는 독일에서 온 뮬러라고 합니다. 이 당나귀와 산티아고에 가시는 길인가요?"

그가 밭 주인이 아닌 것에 안도했다.

"네, 그렇습니다. 저는 한국에서 온 택시라고 합니다."

"택시라고요? 타고 다니는 그 택시 말입니까? 하하하!"

이름 하나로 사람을 웃게 하다니 참 잘 지은 이름이다.

"저도 오래전에 당나귀와 산티아고에 가려던 적이 있습니다. 실패했지만요."

"혹시 이 풀들이 농작물인가요? 제가 발이 아파서 당나귀가 들어가는 것을 막지 못했거든요."

"작물이면 어떻습니까? 당나귀가 먹는다는데요."

그가 웃으며 말했다. 알 듯 말 듯 한 말이었지만 그의 말은

동키 호택

내게 안도감을 주었다.

"저는 순례자 그룹을 인솔하고 왔어요. 아! 그리고 이 풀은 추수 때 떨어진 알곡들이 싹을 틔운 건데요. 당나귀가 먹어도 됩니다. 당나귀가 제일 좋아하는 작물이죠. 메세타에 쫘악 깔렸다고요."

근심이 사라지니 잠시 발의 통증이 사라지는 것 같았다. 그는 내 발을 내려다보더니 벌판 끝에 있는 오래된 성당을 가리켰다.

"저기 교회 보이시죠? 저 옆으로 조그만 길이 있어요. 그 길을 따라가면 거리가 반으로 줄어듭니다."

"그러면 화살 표시가 된 길을 벗어나지 않나요?"

"무슨 상관입니까. 하하하!"

화살표를 이탈해도 된다는 면죄부가 내려지자 카리온 마을까지의 거리가 반으로 줄어들었다. 희망은 사람을 강하게 만드는 묘약과 같다.

그의 말대로 얼마 지나지 않아 마을의 모습이 눈앞에 나타났다. 카리온에 들어서자 사람들의 시선은 당나귀로 모였다. 이때 눈매가 서글서글하고 영어가 유창한 청년이 다가왔다. 독일에서 온 다니엘이라는 청년이었다.

"다리가 불편하신가 봐요. 제가 뭘 도와드릴까요?"

필요는 능력의 회초리라고 했던가. 그의 영어가 내 귀에 쏙쏙 들어왔다.

"일단 약국에 가야 하고 새로운 유심칩이 필요합니다."

"지금은 시에스타라서 6시가 넘어야 가게들이 문을 엽니다. 유심은 바로 저 가게에서 사면 되고요. 일단 당나귀가 함께 할 수 있는 숙소를 먼저 알아봐 드릴게요."

다니엘의 도움으로 산타 클라라라는 마당이 넓은 알베르게를 알았다. 약과 유심칩은 물론 잃어버린 긴 목줄과 충전 배터리 코드도 다시 샀다.

"우리 사장님도 당나귀와 순롓길을 걸은 적이 있답니다."

"혹시 사장님 이름이 뮬러인가요?"

"어! 어떻게 아세요? 마침 저기 오시네요."

다니엘이 큰 소리로 그를 부르자 뮬러가 환한 얼굴로 다가왔다.

"오, 택시. 또 만났군요. 약은 샀나요? 당신은 좀 쉬어야 해요. 다음 마을은 퀘사라는 목장마을인데, 거기에서 며칠 쉬세요. 모레부터 며칠 동안 비 소식이 있거든요."

카리온에서 약 18킬로미터 떨어진 칼사디야 데 라 퀘사 Calzadilla de la Cueza는 "메세타평원에 있는 재미없는 몇 동네 중 하나"라고 누군가에게 들은 적이 있다.

하룻밤을 자고 나니 통증이 좀 덜한 듯했다. 용기를 내어 길을 나서기로 했다.

'퀘사 마을까지는 천천히 가면 다섯 시간이면 가겠지 뭐.'

항상 방심은 오판으로 연결되고 참혹한 결과를 가져온다.

이른 아침 동이 트는 시간에 마을을 떠났다. 마을 끝에 있는 다리에서 뮬러 일행을 만났다. 30여 명의 단체 순례객이 지팡이를 들어 보이며 응원을 보냈다. 세 시간 걸은 거리가 5킬로미터에 불과했다. 게다가 당나귀의 목줄을 뒤로 당기며 걸어야 하니 발의 고통은 임계점에 도달했다. 나는 길에 주저앉으며 기도하듯이 중얼거렸다.

'지팡이라도 하나 있었으면 좋으련만.'

그 순간 말라버린 개울 바닥에 나무 한 개가 꽂혀 있는 것이 보였다. 처음에는 그냥 죽은 나무인 줄 알았는데 손잡이 부분이 반들반들했다. 누군가가 버리고 간 지팡이였다. 이미 꽂아둔 지 오래된 듯 진흙 속에 단단히 박혀 있었다.

'이건 계속 걸으라는 신의 계시가 분명해.'

마음이 약해지면 신앙심이 커지는 법. 때론 이러한 아전인수가 힘의 동력이 되기도 한다.

지팡이가 생기니 걷는 것이 조금 수월해졌다. 하지만 이제 10킬로미터만 가면 마을인데 도저히 나아갈 수가 없었다. 지

| 다니엘과 뮬러의 도움을 받아 구사일생했다.

팡이로 인한 신의 계시도 약효가 다 떨어졌나 보다. 구급차를 불러야 하는 지경이 되었다. 062를 누르면 순례자를 위한 구급차가 올 것이다. 문제는 호택이였다. 당나귀까지 태워줄 구급차는 없을 테니까. 나는 길가에 주저앉아 어찌할 바를 모르고 있었다.

이때 생각지도 않았던 뮬러에게서 전화가 왔다.

"헤이! 택시, 지금 어디예요? 괜찮아요? 제가 도와줄까요?"

뮬러는 이미 퀘사에 도착했다고 했다. 현재로서는 그가 당나귀를 몰 수 있는 유일한 사람이었다.

"좀 도와줘요. 도저히 걸을 수가 없네요."

"오케이, 10분 내로 갈 테니 기다려요."

동키 호택

뮬러의 흰색 밴이 먼지를 일으키며 달려왔다. 다니엘이 차에서 내리는데 양손에 큰 맥주잔이 들려 있었다.

"택시, 축하할 일이 생겼네요. 한 잔은 당신을 그리고 또 한 잔은 뮬러를 위하여! 하하하."

다니엘의 말에 따르면 맥주를 마시던 뮬러가 당나귀와 한번 걸어보고 싶다고 했다는 것이다. 다니엘이 전화해보라고 했는데 마침 내게서 도와달라는 메시지가 왔다고 했다. 그게 뮬러가 축하받아야 할 이유였다.

"택시의 당나귀는 내가 끌고 갈 테니 당신은 다니엘의 차로 가도록 해요."

마을까지 남은 8킬로미터의 거리는 차로 5분도 걸리지 않았다. 먼저 마을에 도착한 사람들은 양지바른 호텔 담벼락에 앉아 맥주를 마시고 있었다. 이미 내 소식을 들었다는 듯 나를 본 사람들이 잔을 들며 브라보를 외쳤다.

얼마 후 호택이와 뮬러가 마을 입구에 나타났다. 난 눈물이 핑 돌았고, 사람들은 일어나 환호했다. 감동과 감사의 마음에 울컥 눈물이 솟았다.

감동은 여기서 끝나지 않았다. 호스텔의 사장과 동네 사람이 당나귀를 끌고 어디론가 사라졌다. 늘 그렇듯 사람들은 당나귀에 관한 일을 내게 의논하는 법이 없다.

"뮬러, 호택이를 어디로 데려간 건가요?"

"걱정 말아요. 호스텔 주인의 말 농장으로 데려갔어요. 거기는 풀도 많고 안락한 잠자리도 있답니다."

숙소에서 다소 먼 거리에 그들이 말하던 목장이 보였다. 호택이는 마구를 완전히 벗은 채 한가로이 풀을 뜯고 있었다. 그가 잠을 자야 할 말 우리에는 마른 풀이 깔렸고 구유에는 그가 좋아하는 오트밀이 가득 채워져 있었다.

다음 날 아침 뮬러가 길을 떠나며 내게 말했다.

"택시. 여기서 며칠 지내다 가세요. 당신은 많이 지쳤답니다. 어제 호텔비는 제가 냈어요. 당나귀를 몰게 해준 보답이랍니다. 오늘은 값이 싼 알베르게로 숙소를 옮기세요. 마침 알베르게가 텅텅 비었답니다. 게다가 당나귀가 있는 목장 바로 옆이에요. 당신에게 행운이 있기를 빌어요. 우리는 오늘만 걷고 레온까지 버스로 이동할 거예요. 당신과는 아주 멀리 떨어지는 거죠."

"뮬러, 우리가 다시 꼭 만나게 해달라고 기도할게요."

"그럼요. 만나고말고요."

하나님은 나의 기도를 너무 빨리 들어주셨다. 다니엘이 떠나고 난 뒤 그 자리에서 그의 가방을 발견한 것이다. 다시 돌아온 그에게 내가 말했다.

동키 호택

"하나님은 살아 계신가 봐요. 하하! 이제 진짜 안녕입니다."

막막하기만 했던 지난 며칠을 생각했다. 신은 내게 뮬러를 보냈다. 내게 어렵고 힘든 일이었지만 그에게는 아주 간단한 일이었다. 나는 이때쯤 천사를 만나지 말라던 이야기를 완전히 이해하게 되었다.

마을에서 3일을 묵었다. 그동안 아팠던 발도 걸을 수 있을 정도로 회복되었다.

언젠가 강원도 여행 중에 만난 약초꾼의 말이 생각났다.

"독사가 사는 곳엔 해독초도 함께 있답니다. 무슨 일을 당해도 그 해결책은 바로 내 곁에 있다는 거죠."

그의 말이 증명된 순간이었다. 내가 힘이 들 때면 누군가의 도움이 나를 기다렸다.

힘의 논리를
이기는 끈

뮬러와 그 일행이 떠나고 퀘사 마을 호스텔에서 이틀 밤을 지냈다. 발은 아직도 불편했다. 추수가 끝난 메세타평원은 황량해서 불편한 몸으로 떠나기 두려웠다. 며칠의 휴식이 더 필요했다.

신발에도 문제가 생겼다. 아르코스에서 얻은 신발은 목이 높았다. 돌밭이나 산길을 걸을 때는 유용했지만 아픈 발목에 자극을 주어 괴로웠다. 이제는 발목 보호 기능이 없는 신발이 필요했다. 신발을 사기 위해서는 카리온까지 되돌아가야 했는데 그곳에 가려면 진짜 택시가 필요했다.

나는 아세로가 있는 호스텔로 갔다. 택시를 부르기 위해서

동키 호택

였다. 카운터에 갔더니 영국에서 온 제임스라는 청년이 아세로와 대화하고 있었다.

"택시, 이 사람도 카리온을 간다는군. 한 택시로 가면 좋을 것 같아. 돈도 나누어서 내면 되니까 좋은 일이지."

아세로는 잘된 일이라며 껄껄 웃었다.

내가 제임스에게 물었다.

"왜 카리온에 가요?"

"아! 신발을 사려고요. 당신은요?"

"저도 그래요. 편한 신발을 사려고요."

그때 제임스가 내 신발을 보며 말했다.

"전 당신이 지금 신은 것 같은 신발을 사려고 했어요. 제 신발은 목이 낮아서 빨리 걷는 데 힘들거든요."

그가 자기 신발을 가리키며 말했다. 그런데 그 신발은 목이 낮아 내가 사고 싶었던 신발이었다. 서로 신발을 바꿔 신어보았다. 공교롭게도 신발 사이즈가 맞았다. 또 거짓말 같은 일이 벌어졌다.

"우리 신발 바꿔 신으면 어때요? 카리온에 갈 필요도 없잖아요?"

서로의 눈이 마주쳤다. 카리온에 가려면 약 60유로의 택시비가 필요했는데 이래저래 이익이다. 최상의 교환이 이루어졌다. 이야기를 들은 아세로가 두 팔을 번쩍 들며 만세를 불렀다.

"정말 잘됐군요. 그럼 택시 예약을 취소하지요."

다음 날 아침, 아직도 발은 불편했다. 그렇다고 무작정 이곳에 머물 수도 없었다. 제임스는 이른 아침 우비를 뒤집어쓰고 숙소를 떠났다.

지도를 보니 약 12킬로미터 지점에 사아군Sahagun이라는 큰 도시가 있었다. 아직 발이 불편했지만 떠나기로 마음먹었다. 아세르와 지배인인 하비에르의 근심 어린 배웅을 받으며 길을 떠났다. 그들의 염려하는 모습이 며칠 동안 마음에 머물렀다. 그들이 천사라고 한다면 요 며칠 동안 나는 한 무리의 천사들을 만난 셈이다.

퀘사를 떠나 겨우 몇 킬로미터를 왔을 뿐인데 발목에 통증이 심해졌다. 다시 돌아갈까도 여러 번 생각했다. 호택이는 내 약한 모습을 보고 또다시 거칠게 앞서 나가려 했다. 결국 모라티노라는 마을을 지날 때 나는 또 호택이의 목줄을 놓치고 말았다.

이제는 호택이를 통제할 방법이 없다. 호택이는 나를 이겼다는 듯 도로를 따라 빠른 걸음으로 앞서 나갔다.

"에이, 그냥 가버려라, 이놈아."

내 말을 알아들었다는 듯 호택이가 더 빠르게 앞서갔다. 나는 길가에 주저앉아 멀어져가는 호택이를 바라보아야 했다. 마을 언덕에 오른 호택이가 아득하게 느껴졌다.

그때 이상한 일이 벌어졌다. 그가 가던 길을 멈추고 뒤를 돌아본 것이다. 곧이어 그는 다시 언덕을 따라 내려오기 시작했다. 한참을 되돌아오던 그가 다시 길가의 풀을 뜯기 시작했다. 풀을 뜯으면서도 가끔 나를 돌아보았다. 그가 일부러 나를 기다렸는지는 알 수 없다. 적어도 그는 내가 다가갈 때까지는 가만히 있었다.

더 이상 그의 목줄을 잡고 가는 것이 어려웠다. 마침 근처는 호택이가 좋아하는 국화류의 쇠서나물이 지천이었다. 그가 풀을 뜯고 있는 틈을 타 나는 그를 앞질러 걸어갔다.

한참을 걸어가다 뒤를 돌아보니 호택이가 아직도 풀을 뜯고 있었다. 나는 갈 수 있는 만큼 걸은 다음 그를 기다렸다. 그 이후 내가 떠나면 그가 나를 따라오고, 내가 서면 그도 근처에 머무르기를 반복했다.

나는 이때부터 호택이의 목줄을 잡지 않기로 했다. 목줄을 잡는 것은 오로지 그의 안전을 위해서였을 뿐이다. 자동차가 다니지 않는 숲길이나 벌판에서 우리는 자유로웠다. 그가 풀을 뜯으려 멈추면 나는 그냥 가던 길을 갔다. 반대로 그가 앞서 나가도 나는 그를 제지하지 않았다. 우리에게 서로를 연결하는 강력한 끈이 생겼다. '신뢰'라는 끈이다.

사아군이 보이는 벌판에서 호택이와 나는 앞서거니 뒤서거니 걸었다. 지나가던 사람들이 이 모습을 신기하게 생각했다. 이즈음 호택이는 간단한 한국말을 알아듣기 시작했다. 전에는 호택이가 꾀를 부리면 스페인어로 "벵가(venga, 힘내)" 하고 윽박질렀는데, 이제는 부드러운 말로 "호택아, 가자" 하고 말했다. 그러면 그는 풀을 뜯다가도 나를 따라나섰다. 아리츠가 그토록 염려하던 '당나귀를 통제하는 힘의 논리'가 깨져버렸다. 우리는 다정한 친구처럼 함께 걸었다. 우리 사이를 통제하던 끈은 이제 존재하지 않았다.

사아군이라는 도시는 꽤 번화하고 아름다웠다. 기찻길 위로 난 다리를 건너자 클루니라는 공립 알베르게가 나왔다. 숙박비가 단 5유로지만 주위에 호택이가 잘 곳이 없었다. 모두 돌과 시멘트로 된 도시였다.

알베르게는 싼 숙박비에 비해 매우 깨끗하고 넓었다. 호택이는 알베르게 건물 옆 가로등 기둥에 묶어놓았다. 호택이에게는 마른 빵과 물을 잔뜩 먹였다. 사아군에 오기 전 쇠서나물도 잔뜩 먹은 터였다.

알베르게에서 쉬고 있는데 한 중년 여자가 다가왔다. 그녀

동키 호택

는 내게 무언가를 말했지만 알아듣기 어려웠다. 단지 말 속에 '부로'라는 단어가 많아 호택이에 대한 이야기일 것이라고 짐작할 뿐이었다. 그녀는 내가 자기 말을 알아듣지 못하자 답답했는지 어딘가로 사라졌다. 잠시 후 그녀는 영어가 가능한 젊은 여자를 데리고 나타났다.

"밖에서 당나귀를 저렇게 재울 거냐고 하네요."

근처에 당나귀를 재울 곳이 없고 나는 이렇게 아파서 방법이 없다고 말했다. 이 말을 전한 그녀가 다시 말했다.

"이 동네에 사시는 분이 당나귀를 자기 정원에서 재워준다고 아래에 와 계신답니다."

아래로 내려가보니 60대의 건강한 남자가 호택이를 쓰다듬고 있었다. 그는 자신의 이름인 비센트 루이스 곤잘레스를 종이에 적어 주었다.

"난 이 동네에 살고 있는 농사꾼이라우. 우리 집 정원에 당나귀를 놔뒀다가 내일 아침에 데리고 가시면 좋을 것 같은데. 여기는 차가 많아 당나귀가 잠을 자지 못할 거라우."

그가 호택이의 목줄을 잡고 앞서 걸었다. 그의 집은 알베르게로부터 멀지 않은 곳에 있었다. 작은 문을 열자 농구장만 한 크기의 정원이 나왔다. 아니, 정원이라기보다는 담으로 둘러싸인 텃밭에 가까웠다. 정원의 반은 채소가 재배되고 있었고 건

너편에는 풀밭과 배나무 한 그루가 있었다. 늦은 가을이라 농익은 배가 풀밭에 잔뜩 떨어져 있었다.

호택이와 나는 배를 먹느라 정신 줄을 놓을 뻔했다. 유럽의 배는 물방울 모양으로 생겼는데 껍질째 먹어도 달고 맛있었다. 어찌나 달던지 꿀맛이 따로 없었다.

호택이를 정원에 두고 나오자 마음이 푸근해졌다.

"난 내일 일찍 밭에 나가야 한다우. 직접 와서 당나귀를 데리고 가시면 되오."

그는 열쇠를 자신의 집 창틀 틈에 숨겨두겠다고 했다.

다음 날 아침 늦은 시간에 곤잘레스의 집으로 갔다. 호택이는 잠을 잘 잤는지 활기차 보였다. 곤잘레스의 집에는 그가 나에게 주려고 따놓은 굵고 깨끗한 배 한 자루가 놓여 있었다. 그리고 종이에 이런 글이 쓰여 있었다.

"부엔 카미노."

노새 마을의
로맨스

베르시아노스 델 레알 카미노Bercianos del Real Camino라는 마을
에서 하룻밤을 지냈다. 오늘의 목표는 기껏 8킬로미터 떨어진
브루고Brugo라는 작은 마을이다. 카미노에서 하루에 8킬로미터
의 거리는 시쳇말로 껌이지만 아직 발의 통증이 가시지 않았
다. 하루에 25킬로미터 이상 걷는 사람들의 입장에서 보면 나
는 병든 거북이다.

아픈 발목에 약간의 무리가 왔지만 어렵지 않게 도착했다.
가는 길에 호택이를 유혹하는 풀들이 길에 즐비했으나 어찌
나 빨리 왔는지 오전에 도착하고 말았다. 갑자기 욕심이 났다.
12킬로미터만 더 가면 렐리에고스Reliegos라는 마을이다. 인터

넷을 검색해 보니 세 개의 알베르게가 문을 열었다. 겨울이 다 가오니 호택이와는 달리 나에게는 야영이 힘들었다.

'지금부터 천천히 걸으면 세 시간이면 가는데 한번 도전해 볼까?'

마음이 죽 끓듯 분주해졌다.

'그래, 가보지 뭐. 아무리 천천히 걸어도 4시면 들어가잖아?'

즉흥적인 결정이었다.

부르고까지는 마을이 없다. 그냥 주욱 가야 한다. 12킬로미터 중 7킬로미터 정도를 지나고 있을 때 갑자기 발에 통증이 심해지기 시작했다. 마을을 불과 2킬로미터 정도 남겨놓고는 정상적인 걸음이 불가능했다. 한쪽 발의 불편함은 성한 발로 옮겨갔다. 불과 100미터를 걷는 데에도 큰 용기가 필요했다. 길가에 즐비한 풀 덕분에 호택이의 걸음이 늦어졌다는 것은 다행한 일이었다.

마을에 도착했을 때는 이미 해가 기울고 있었다. 마을 입구에서 한 남자가 "부엔 카미노" 하고 인사하며 다가왔다. 내가 발이 불편해 보이자 그가 앞장서서 알베르게를 안내해주겠다고 했다. 고마운 일이었다.

한참을 가던 그가 갑자기 걸음을 멈췄다. 그는 멋쩍은 듯이 말했다.

"아이고, 제가 잘못 왔네요. 이쪽이 아니라 맞은편이었어요. 죄송합니다."

거의 500여 미터를 되돌아가야 한다고 했다. 내 입에서 앓는 소리가 흘러나왔다.

문 닫힌 건물에 도착한 그가 말했다.

"이 알베르게군요."

사내는 할 일을 다했다는 표정을 지었다. 그는 "부엔 카미노"를 외치며 골목으로 사라졌다. 벨을 누르니 황소만 한 개와 백설 공주처럼 가냘픈 젊은 여자가 나왔다. 호택이를 본 여자가 "부로!" 하고 외치자 개가 꼬리를 사타구니에 숨겼다.

"여기서 하루 자고 가려고요."

"저희 문 닫았어요."

백설 공주의 입에서 차가운 대답이 나왔다.

"이 동네에 알베르게가 많던데 어디가 문을 열었을까요?"

"이 동네는 다 닫았고요. 다음 마을에 있는 두 군데가 문을 열었어요."

지도를 보니 6킬로미터 정도 떨어진 만시야 데 라스 물라스 Mansilla de las Mulas라는 마을이었다.

"당나귀가 목이 마른가 보네요."

여자가 집 안으로 뛰어 들어가더니 양동이에 물을 길어왔다. 여자의 기대와는 달리 호택이가 물을 마시지 않았다. 정작 목이 마른 건 나였다. 나는 그녀가 떠온 물을 벌컥벌컥 마셔버렸다. 여자가 놀라서인지 어이가 없어서인지 멍한 표정을 지었다. 여자는 미안하다며 문을 닫고 들어가버렸다.

다시 걷는 것 외에는 별도리가 없었다. 밤에는 얼음이 얼 만큼 추웠기 때문이었다.

"호택아, 걷지 못하면 기어서라도 가야지 어떡하니? 자, 자, 레츠고우!"

전화로 가이아 알베르게라는 곳에 방이 있음을 확인했다.

6킬로미터를 가는 데 세 시간 가까이 걸렸다. 저녁 7시가 되어서야 겨우 마을 입구에 도착했다.

"택시?"

마을 입구에 도착해 가는데 한 아주머니가 내 이름을 불렀다. 그는 가이아 알베르게의 주인인 루이사였다. 그녀가 당나귀를 보자 당황한 표정으로 물었다.

"당나귀? 왜 말을 안 하셨죠?"

이어 그녀의 남편까지 나와 난감한 표정을 지었다. 나는 쫓겨나는 것이 두려워 숨을 죽여야 했다. 두 사람 간에 심각한 대화가 오가는 듯했다.

'쫓겨나면 어쩌지? 오늘 밤은 기온이 영하로 떨어진다는데.'

머리가 복잡해졌다. 남편 카를로스가 내게 다가와 말했다.

"아내는 당나귀가 있는 것을 몰랐다네요. 미리 말씀을 좀 하시지. 저희 마을에 큰 풀밭 공터가 있어요. 거기는 풀도 많고 물도 있어요. 당나귀가 머물기 아주 좋은 곳이랍니다. 그런데 지금 그곳 관리사무실 직원들이 다 퇴근했대요. 미리 알았으면 열쇠를 받아놨을 거라고 루이사가 아쉬워합니다."

그러고 보니 당나귀를 데려온 것이 문제가 아니라 당나귀가 잘 곳의 열쇠를 미리 확보하지 못해 안타까워한 것이다. 스페인 사람들의 당나귀에 대한 정서가 이 정도라니 고맙고 미안한 마음이 앞섰다.

오늘 뜻하지 않게 하루에 26킬로미터를 걸었다. 카미노 이후 아니 내 평생 이렇게 많은 거리를 하루에 걸어본 적이 있었을까. 그것도 불편한 다리로 말이다.

"루이사, 내일 하루 더 묵어가도 될까요? 다리가 아파서 쉬어야 할 것 같아요."

"아, 그럼 잘됐네요. 내일 아침에 당나귀를 그 공터로 옮기세요."

루이사는 온통 당나귀 생각만 하고 있었나 보다. 그들의 얼굴에 미소가 번졌다.

다음 날 카를로스와 나는 호택이를 데리고 그가 말한 공터로 갔다. 사방이 담으로 둘러쳐 있고 풀이 무성하여 호택이가 있기에는 더할 나위 없었다. 당나귀가 뒹굴기 좋은 마른 땅도 있었다. 나는 호택이의 목줄은 물론 얼굴을 감싸고 있는 가죽 끈까지 모두 풀어주었다.

"택시, 이 마을의 이름이 무슨 뜻인지 아세요?"

돌아오는 길에 그가 갑자기 마을의 이름을 물었다. 이름이 길고 어려워 우물쭈물하자 카를로스가 웃으며 말했다.

"노새 마을이랍니다. 만시야 데 라스 물라스에서 'Mulas'는 노새라는 뜻이죠."

"아니, 왜 그런 이름을 지었죠? 혹시 예전에는 당나귀와 말이 많았나요?"

이 마을은 과거 레온왕국의 수도였던 레온이 바라보이는 들판이었단다. 레온왕국에 1년 내내 많은 사람이 말과 당나귀를 끌고 방문했다고 한다.

"레온성에는 귀족들이 머물고 우리 동네에는 말과 당나귀 그리고 종들이 머물던 곳이었대요. 자연히 말과 당나귀의 로맨스가 있었겠죠? 하하하."

귀족들이 떠나고 나면 이곳에는 노새들만 남았단다. 노새는 암말과 수탕나귀 사이에서 생긴 자식들이다. 힘이 세지만 대를 잇지 못한다. 그러니 귀족들에게는 귀찮은 사생아일 뿐이었다.

동화처럼 아름답고 슬픈 이야기가 남아 있는 마을 이름이다.

"그런데 왜 당나귀 크리덴셜에는 도장을 찍지 않나요?"

내 크리덴셜에 도장을 찍던 카를로스가 호택이의 크리덴셜을 요구했다.

"당나귀에게도 크리덴셜이 있어요?"

내가 놀라며 되물었다.

"그럼요. 당나귀는 카미노 역사의 가장 중요한 동물입니다. 레온에 가서 꼭 크리덴셜을 받으세요. 마지막 기회입니다."

내가 발이 아프지만 않았더라면, 이전 마을에 숙소가 있었다면 이 동물 크리덴셜의 존재를 몰랐을 것이다. 카미노는 그냥 걷기만 하는 길이 아니었다.

이 마을에서도 호택이를 통해 많은 스페인 사람이 내게 다가왔다. 그들이 들려주는 동화 같은 이야기가 차곡차곡 쌓여나갔다.

다음 날 아침, 예상한 대로 기온이 뚝 떨어졌다. 호택이는 한결같은 모습으로 서 있었다. 그가 풀을 뜯어 먹는 일은 일종의 종교 예식처럼 경건해 보였다. 환경과 상황이 변해도 그의 모습이 흐트러지는 일은 없어 보였다.

물통 안이 얼어붙었다. 겨울이 다가왔다. 우리에게 다른 시련이 기다리고 있었다.

이제 호택이는
순례자

가이아 알베르게의 주인 카를로스와 루이스가 아쉬운 마음
으로 마을 어귀까지 따라오며 배웅했다. 내가 마을을 벗어나
한참을 갔는데도 뒤돌아보면 그들은 그 자리에 서 있었다. 내
가 뒤돌아볼 때마다 그들은 이별을 아쉬워하듯 손을 흔들었다.

카를로스는 레온에 가서 호택이의 크리덴셜을 꼭 받으라고
당부했다. 그런데 한 가지 고민이 생겼다. 레온까지의 거리다.
노새 마을에서 약 15킬로미터 떨어진 거리. 평소의 속도라면
레온에서 여정을 마쳐야 한다. 레온은 매우 큰 도시다. 도시에
서 동물과 머물 수 없다는 것은 이미 부르고스에서 경험한 일
이었다. 오늘 하루 레온을 지나 다음 마을까지 가려면 25킬로

미터는 걸어야 한다.

결국 레온을 3킬로미터 앞두고 아르카우에하Arcahueja라는 마을에서 머물기로 했다. 마을까지의 카미노는 큰 도로 옆으로 이어졌다. 오랜만에 호택이의 목줄을 잡고 걸었다. 이제 호택이는 웬만한 도시의 소음에도 아랑곳하지 않게 되었다.

아르카우에하 마을에 다가서면서 작은 강을 만났다. 차가 다니는 콘크리트로 된 큰 다리 옆으로 오래된 나무다리가 놓여 있었다. 나무다리 밑으로는 맑은 물이 흐른다.

우리는 나무다리를 택했다. 예전의 호택이라면 절대 건너지 않을 다리였다. 역시 그는 다리 앞에 서더니 주춤거렸다. 나는 안전하다는 표시로 먼저 다리를 성큼성큼 건넜다. 다리는 좁고 길었으며 게다가 휘어져 있기도 했다.

아직 다리 앞에서 망설이는 그를 향해 소리쳤다.

"호택아, 괜찮아. 튼튼하다고. 얼른 건너와."

다리 앞에서 골똘히 생각에 빠진 듯 그는 미동도 하지 않았다. 이럴 때는 그가 결단할 때까지 기다려야 한다. 다그친다고 될 일이 아니다.

얼마 전 그와 숲길을 걷고 있을 때였다. 외길에 큰 나무가 쓰러져 길을 막고 있었다. 많은 사람이 밟고 간 흔적이 남은 걸로 보아 오래전에 쓰러진 나무였다.

호택이는 그 앞에 버티고 서서 좀처럼 넘어가려 하지 않았다. 그를 다그치거나 겁을 주었지만 요지부동이었다. 내가 먼저 넘어가 목줄을 힘껏 잡아당겼지만 허사였다.

그러던 호택이가 앞발로 통나무를 톡톡 두드리더니 훌쩍 넘어버렸다. 호택이는 겁을 먹어 주저했던 것이 아니라 생각에 잠겼을 뿐이었다.

이번에도 시간이 지나자 호택이가 앞발을 다리에 들여놓았다. 그리고 주저 없이 다리를 건너왔다. 이런 호택이의 모습을 보고 어찌나 기쁘던지 건너온 그를 두 팔로 안아 반겨주었다. 구경하던 사람들이 일제히 박수를 쳤다. 이제 호택이는 카미노의 모든 것에 익숙해진 듯했다. 호택이는 경험한 일을 절대 까먹는 법이 없으니까.

아르카우에하 마을은 작은 언덕에 앉아 들판을 내려다보고 있었다. 마을로 들어가니 풀밭이 있는 알베르게가 문을 열었다. 알베르게의 이름은 라 토레, 주인은 훌리오라는 유쾌한 중년 사내였다. 그의 알베르게는 작은 바와 레스토랑을 겸하고 있었다. 그가 나를 보더니 반갑게 말했다.

"오! 당신, 신문에서 봤습니다. 귀한 손님들이 오셨네요."

호택이가 머물 풀밭은 다른 건물의 소유로 보였다.

"남의 집 풀밭에 두어도 되나요?"

홀리오는 무엇이 문제겠느냐는 표정을 지었다. 건물 모서리에 구멍이 뚫려 있었다. 손가락 하나 들어갈 정도의 작은 구멍에 호택이의 목줄을 연결했다.

"이 구멍은 내가 뚫었답니다."

그는 당나귀나 말을 가지고 오는 사람을 위해 건물 벽에 구멍을 뚫었다며 자랑했다.

"당신 건물인가요?"

내가 묻자 아니라는 듯 입을 씰룩거리며 말했다.

"주인이 잘했다고 했는데요, 뭘."

모든 것이 당연한 카미노다.

그는 바 안으로 나를 데리고 들어갔다. 그리고 시원한 맥주 한 잔을 탁자 위에 놓으며 말했다.

"우리 집에 오신 기념으로 한 잔 드립니다. 자, 당나귀를 위하여!"

목이 마르던 차였기에 맥주 한 잔을 단숨에 마셨다. 그에게 동물 크리덴셜 발급에 관해 물어보았다. 그가 몇 군데에 전화를 걸었다.

"동물 크리덴셜이라는 게 있네요. 저도 처음 알았습니다. 동물도 순례자가 된다니 재밌네요."

동물 크리덴셜은 레온에 있는 한 수도원에서 발급하고 있었다. 그는 지도 한 장을 꺼내 수도원 위치를 표시해주었다.

다음 날 아침 동이 트는 것을 뒤로하며 길을 나섰다. 마을의 언덕을 넘자 레온이 바로 한눈에 들어왔다. 거대한 도시 앞에서 호택이가 긴장했지만 다행히도 길가에 난 맛난 풀에 정신이 팔렸다. 길을 지나는 동물이 없다 보니 탐스럽게 자란 데다가 그가 가장 좋아하는 큰방가지똥 풀이었다. 호택이가 배를 채우는 동안 정작 배가 고픈 것은 나였다. 아직 문을 연 가게가 없어 아침을 굶어야 했다.

훌리오가 알려준 산타 마리아 베네딕토 수도원을 찾아갔다. 동물 크리덴셜은 이 수도원이 운영하는 알베르게에서만 발급했다. 어쩌다가 한 번씩 동물과 함께 묵을 수 있는 알베르게가 있는데 이곳에서도 개나 고양이와 함께 자려면 크리덴셜이 필요했다.

수도원 안으로 들어섰는데 사람의 인적이 없었다. 나는 마당에 호택이를 세워둔 채 사무실로 보이는 문으로 들어갔다. 한 중년 여인이 밝은 미소로 들어오는 나를 맞았다.

"여기서 동물 크리덴셜을 발급하나요?"

"네, 맞습니다."

그녀는 서랍을 열고 빈 크리덴셜 용지를 꺼내며 말했다.

"개인가요?"

"아니요. 당나귀입니다."

그녀가 놀란 듯 눈을 크게 뜨며 말했다.

"당나귀라고요?"

그녀가 큰 소리로 말하며 자리에서 벌떡 일어났다. 옆에서 졸고 있던 노인이 놀라 덩달아 잠에서 깼다. 이들은 밖으로 뛰쳐나가더니 호택이를 어루만지며 말했다.

"세상에나 정말 당나귀네요. 당나귀. 아이구, 예뻐라."

그들은 사진을 찍느라 정신이 없었다. 이제는 이러한 호들갑이 낯설지 않은 풍경이 되었다.

'우리는 스타니까 이럴 때는 그냥 즐기면 그만이다.'

그들은 한참이 지난 뒤에야 사무실로 들어왔다.

"당나귀 이름이 뭔가요?"

"동키 호택입니다. 동키, 호택."

"동키 호택이라고요? 하하하!"

이들은 내가 동키 호택이라고 말하자 무엇이 우스운 건지 배를 잡고 웃었다. 그녀는 크리덴셜 용지에 호택이의 이름을 'Don Quijote'라고 썼다. 나는 'Donkey Hotek'이라고 정정해주었다. 그녀는 의아한 표정을 짓더니 새로운 용지를 꺼냈다. 그녀가 호택이의 빈 크리덴셜에 도장을 찍으며 말했다.

"제가 여기서 근무한 지 10년 되었는데요. 당나귀는 오늘 처음이에요. 호호호."

수도원을 나서는데 한 수녀를 만났다. 그녀는 호택이를 발견하자 메고 있던 가방을 땅바닥에 팽개치듯 내려놓았다. 그녀는 가방 깊숙한 곳에서 휴대전화를 꺼냈다.

"어머나, 잠깐만 기다려주세요."

좀 수다스러울 정도로 기쁨이 넘쳐 보였다. 그녀는 당나귀의 이름을 물어보았다. '동키 호택'이라고 하자 역시 또 한바탕 웃음을 터뜨렸다. 이들이 호택이의 이름을 듣고 웃었던 이유는 나중에야 알게 되었다.

현지의 많은 언론과 TV에서 우리의 여행을 앞다투어 보도했는데 폰페레다TV에서 뉴스 앵커 마리아는 이렇게 말했다.

"당나귀의 이름은 '돈키호테'인데요. 그는 돈키호테를 강한

동키 호택

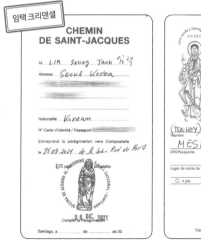

▎크리덴셜은 순례자임을 증명하는 일종의 신분증이다.

아시아적 억양으로 말해 사람들의 웃음을 자아냈습니다.”

비로소 의문이 풀렸다. 돈키호테로 알아들은 현지인들이 내가 발음을 이상하게 하는 줄 알고 웃었던 것이다.

레온 성당으로 향하는 우리의 발걸음은 경쾌했다. 정말 우리는 순례자가 된 듯 턱을 잔뜩 치켜들고 걸었다. 흡사 돈키호테가 로시난테를 타고 갈 때처럼. 이런 거만한 모습에도 사람들은 박수를 아끼지 않았다. 이제 호택이도 어엿한 순례자다. 동물이 아니란 말이다.

당신의 당나귀는
비만이에요

레옹은 부르고스에서부터 시작한 메세타평원의 끝자락에 있다. 이 도시를 지나면서 주변 환경이 급격하게 바뀐다. 지루한 평야와 나지막한 산이 번갈아 나타난다.

오치나 마을을 떠나면서 길옆으로 옥수수밭이 끝도 없이 펼쳐졌다. 평원은 바다와 같아서 망망대해의 지루함을 견디기 힘들다. 그래서인지 아침에 뜬 해가 오후가 다 지나가도록 11시 방향에서 정지한 듯 보였다. 저러다가 6시가 넘으면 서산으로 느닷없이 쑥 넘어가버린다.

길가에는 당나귀가 먹기 좋은 풀들이 줄지어 있다. 카미노를 걷는 사람들은 자신의 욕심을 내려놓는 경험을 한다고 한다. 그런데 당나귀의 욕심은 바로 식욕이다. 깨어 있는 하루 24시간 중 21시간을 먹는 데 쓸 정도로, 먹으려고 태어난 짐승이다. 호택이는 카미노를 100번 걸어도 식욕을 포기하지는 않을 것이다.

"당나귀와 걷는 동안 절대 풀을 먹이지 마세요. 길가의 풀을 보면 먹으려고 할 거예요. 그때마다 강하게 줄을 당겨 거부해야 합니다. 명심하세요."

이미 당나귀 주인 아리츠의 당부가 깨어진 지 오래다. 나는 어느덧 호택이가 좋아하는 풀을 모조리 터득했다. 호택이가 제일 좋아하는 것은 국화과의 식물들이다. 길가에는 큰방가지똥 풀과 쇠서나물이 가득했다. 이 풀을 만나면 호택이는 발을 멈추고 내 눈치를 보곤 했는데, 이제는 그럴 필요가 없다. 도리어 이 풀들을 발견하면 내 입에 침이 도니 참 이상한 일이다.

"호택아, 빨리 가자. 저기 맛있는 풀이 보인단 말이야."

나는 호택이를 끌고 풀이 가득한 곳으로 데려가 마음껏 먹도록 내버려두었다. 현실이 이러다 보니 길을 걷는 것도 속도가 나지 않았다.

"에이 뭐, 천천히 가면 되지. 세월이 좀먹겠어?"

호택이가 풀을 맛있게 먹으면 그렇게 마음이 좋을 수가 없었다.

호택이가 맛있는 풀만 먹는 것은 아니다. 큰방가지똥 풀을 먹다가도 틈틈이 잔디류의 풀을 함께 먹는다. 편식은 몸에 좋지 않다는 것을 이미 터득한 호택이다. 그는 사과도 두 개 이상 먹지 않는다. 당뇨가 얼마나 무서운 병인지 벌써 알아버린 것이다. 그것만이 아니다. 남의 집 정원에서 목줄을 풀어줘도 절대 화초나 주인이 심어놓은 채소는 건드리지 않는다. 살다가 이렇게 똑똑하고 대견한 당나귀는 처음이다.

우리는 드넓은 옥수수밭을 지나 마사리페Mazarife라는 작은 마을에 도착했다. 이곳에 예수라는 이름의 알베르게에 묵게 되었다. 정원 옆에 너른 풀밭이 있어 맘에 들었다.

알베르게 1층에는 이 마을에 하나뿐인 바Bar가 있다. 손님은 모두 옥수수 농사를 짓는 농부들이 많았다. 이들은 아침마다 이곳에 모여 남의 흉을 보거나 축구 얘기에 열을 낸다고 했다. 그런데 내가 도착한 이후 사람들의 대화는 온통 당나귀 얘기뿐이었다.

다음 날 아침 식사하러 1층의 바로 내려갔다. 내가 바 안으로 들어가자 사람들이 일제히 나를 쳐다보며 말했다.

"당신이 저 당나귀 주인이오?"

이른 아침인데도 술에 취한 어르신이 따지는 듯한 투로 내

┃ 호택이가 살쪘다고 질책하던 농부들. 스페인의 농부는 들이 아닌 동네 카페에서
  만날 수 있다.

게 물었다.

"네, 그렇습니다만……."

호택이가 사고를 친 줄 알고 가슴이 철렁했다.

"아니, 당나귀를 저렇게 많이 먹이면 어쩝니까? 당나귀가 뱃
구레밖에 안 보여요. 비만이라고요! 당나귀는 살찌면 일을 안
합니다."

당나귀를 살찌웠다고 야단맞을 줄은 몰랐다.

"오늘은 절대 많이 먹이지 말아요. 저 배 좀 봐요. 3일은 안
먹어도 된다고요."

사람들의 신신당부를 들으며 마을을 떠났다.

마을을 나서자 바로 옥수수밭이 끝없이 펼쳐졌다. 호택이가 좋아하는 풀들이 나를 유혹하기 시작했다. 이를 외면하고 걷는 것은 우리 둘 다 고역이었다. 하지만 호택이의 건강을 위해 참았다.

평야의 시간은 길다. 한참을 걸었다고 생각해 뒤를 돌아보면 마을은 그대로였다. 얼마나 지났을까. 길가에 옥수수 알갱이가 모래에 섞여 있었다. 아마도 옥수수를 싣고 가던 트럭이 흘렸나 보다. 호택이가 이를 보더니 흥분하면서 먹기 시작했다. 옥수수를 이렇게 좋아하는 줄 처음 알았다. 모래 속에 있는 알갱이를 입술로 골라 먹느라 애를 썼다.

"호택아, 마을에 도착하면 내가 사줄게. 옥수수는 나도 좋아하거든? 그러니 그냥 가자."

보는 사람이 없으니 밭에 들어가 몇 개 훔친들 주인이 알 리 없다. 나는 나 자신을 순례자라고 생각하지 않았다. 하지만 순례자라면 그리고 내가 순례자로 보인다면, 그런 짓을 하면 안 된다고 생각했다.

벌판이 끝나는 곳 멀리 농업용 창고가 보였다. 창고는 옥수수를 보관한 곳이었다. 혹시 옥수수 한 줌을 얻을 수 있을까 싶어 창고 앞을 어슬렁거렸다.

이때 창고를 지키던 개 두 마리가 목을 놓고 짖어댔다. 곧이어 큰 문이 열리더니 건장한 사내가 나왔다. 그는 철조망에 붙어 길 건너의 옥수수를 가리키며 말했다.

"옥수수 좀 따서 당나귀에게 먹이시지 그래요. 아주 맛이 끝내줘요."

"주인도 없는데 어떻게 따요. 저는 순례자라서 도둑질은 안 한답니다."

순례자라는 말을 당당하게 써봤다.

"이런, 별말씀을요. 저 옥수수밭은 다 제 것입니다."

옥수수밭 주인의 허락이 떨어졌다.

"그럼 당신이 따서 주세요. 제가 따는 것은 좀 그렇습니다."

사내는 자동문을 열고 나오더니 옥수수밭으로 성큼성큼 걸어 들어갔다. 아주 실한 것만 골라 양손에 가득 들고나왔다. 그는 옥수수 껍질을 까더니 호택이에게 먹이기 시작했다. 호택이가 눈을 크게 뜨고 어찌나 맛있게 먹던지 내 마음이 흐뭇했다.

"영양가가 많으니 하루에 두 개 이상은 주지 마세요. 비만해지거든요."

주인은 그렇게 당부하면서 옥수수를 잔뜩 챙겨주었다.

그날 저녁, 호택이에게 옥수수를 먹이려는 유혹이 강하게 밀려왔다. 기어코 4개나 먹이고 말았다. 나도 모닥불에 구워 두 개나 먹었다. 이래저래 살찔 일만 남은 우리였다.

결투장에서
패배를 맛보다

마사리페 마을을 떠나 오스피탈 데 오르비고 Hospital de Órbigo
로 향하고 있었다. 이곳은 『돈키호테』를 쓴 스페인의 대문호
세르반테스에게 영감을 준 곳으로 알려졌다. 이곳에 명예의 다
리가 있다. 이 다리를 건넌다니 생각만으로도 가슴이 뛰었다.
돈키호테에게 로시난테가 있다면 나에겐 동키 호택이 있다.
그와 함께 당당하게 다리를 건너는 모습은 상상만 해도 흥분
됐다.

　지루한 옥수수밭을 지나자 풀이 무성한 길로 이어졌다. 호
택이의 발걸음이 빨라졌다. 숲길을 나서자 큰 도로가 나와서
나는 황급히 호택이에게 목줄을 채웠다. 가끔 지나가는 대형

트럭이 격려의 의미로 경적을 울리곤 했는데 호택이에게는 매우 두려운 일이었다.

프로미스타를 지날 때였다. 지나가던 트럭이 경적을 울리자 호택이가 달리기 시작했다. 이렇듯 호택이도 마음만 먹으면 준마처럼 달린다.

석양이 길게 그림자를 만들어줄 즈음 우리는 명예의 다리에 도착했다. 호택이가 특유의 신음을 하는 것으로 보아 꽤 긴장한 것 같았다. 800여 년 전에 만들어졌다는 다리는 견고하게 보였다. 이곳에서 300번의 결투를 했다는 기사의 이야기가 전해지지 않던가.

"단단히 미쳤군. 결투를 300번이나 하다니. 호택아, 그렇지 않냐?"

호택이도 내 말이 맞다는 듯 말이 없다. 항상 나는 혼자 이야기하고 혼자 답했다. 늘 그랬다.

다리 위의 길은 다소 투박했다. 다리 건너편에 있는 마을은 저녁을 준비하려는 듯 차분했다. 우리는 오늘 야영을 할 예정이다. 다리 건너 오른쪽으로 멀리 백양나무 숲이 보였다. 지도를 보니 숲 너머에 캠핑장이 있다.

사실 이곳 오르비고를 온 이유가 있다. 호택이의 명예를 회복하기 위해서다. 언젠가 이런 이야기를 들은 적이 있다. 남자

오르비고 명예의 다리. 매년 이 다리 밑에서 결투 시합이 벌어진다.
『돈키호테』의 모티브가 된 곳이다.

들이 오래 살지 못하는 이유는 명예 때문이라는 이야기였다. 명예, 그게 대체 뭐라고. 아마도 300번이나 결투를 한 이유도 명예와 관련이 있을지 모른다.

호택이도 남자다. 며칠 전 레온에서 당나귀의 체면을 구기는 일이 있었다. 골목을 나와 갑자기 나타난 레온 성당을 보고 놀라 자빠질 뻔했던 것이다. 거대한 흰색의 건물이 나타나자 그는 앞발을 하늘 높이 쳐들며 두려워했다. 그리고 똥까지 싸는 굴욕을 맛보았다. 그 후 며칠 동안 호택이는 이 굴욕을 만회하기 위해 기회를 엿보았을 것이다. 바로 그날이 다가왔다.

캠핑장에 도착해 문제가 생겼다. 캠핑장 문이 굳게 닫혀 있었다. '동절기 휴장'이라고 쓰인 안내문이 있었다. 캠핑장에서 불을 피우고 결연한 의지를 다지려 했던 계획이 사라졌다. 김이 새버렸다.

다행히 캠핑장 옆에는 시설이 좋은 알베르게가 있었다.

호택이를 숲으로 데려갔다. 숲에는 호택이가 먹을 풀이 별로 없었다. 그때 노부부가 개 두 마리를 데리고 산책을 나왔다. 그런데 개들이 갑자기 호택이에게 달려들었다. 그중 한 마리가 호택이의 뒷발에 맞아 한 10미터쯤 날아가 뻗어버렸다. 아주 순식간에 벌어진 일이었다.

개가 그렇게 뻗는 것은 처음 보았다. 날아간 개는 절룩거리며 주인에게 돌아갔다. 아마 그 개는 그날 저녁에 죽었거나 자신의 생을 되돌아보며 한탄했을 것이다. 다른 개도 겁을 먹고 동네 쪽으로 꽁무니를 빼며 달아났다. '배고픈 당나귀는 건드리지 않는다'라는 옛말이 떠올랐다.

요즘 들어 호택이는 나와 떨어지는 것을 매우 싫어했다. 다리 부상으로 알베르게 생활이 잦아지자 외로움을 느낀 것 같았다. 내가 잠시라도 떠나려고 하면 호택이가 심하게 울어대서 한참을 달래야 했다. 풀을 뜯다가도 내가 다소 멀어지기라도 하면 몹시 불안해하는 기색을 보였다. 호택이가 슬프게 울면 나도 큰 소리로 우는 흉내를 내곤 했다.

당나귀의 울음소리는 네 단계로 나눌 수 있다. 먼저 "꺼으억" 하는 예비단계가 있다. 이 소리는 배 속으로 공기를 들이마셔 압축시키는 과정이다. 이 소리를 들은 마을 사람들은 저녁을 먹다 말고 '동작 그만'의 자세가 된다.

곧이어 "끄으엉, 끄억, 끄으엉" 하는 소리를 여러 번 내는데, 작은 마을 전체가 흔들릴 정도의 우렁찬 소리가 뿜어 나온다. 사람들은 이때 들고 있던 숟가락이 덜덜 떨리는 것을 느끼게 된다.

세 번째는 "끼익, 끼익" 하는 소리를 길게 여러 번 반복한다.

시속 100킬로미터의 속도로 달리던 트럭이 급브레이크를 밟는 소리의 세 배 정도 되는 소리다. 누군가 곁에 있다면 귀를 막아야 한다.

그리고 마지막 단계는 만찬 후에 애피타이저 격의 소리로 "끼우욱, 끄윽" 하는 소리다. 오케스트라의 호른이 내는 최저음과 비슷한데 듣는 사람들의 속을 뒤집는다. 밥을 먹다 얼어버린 사람들이 다시 식사를 시작해도 좋다는 신호이기도 하다.

다음 날 이른 아침 우리는 매년 결투가 벌어진다는 다리 밑으로 갔다. 중세의 기사들이 긴 창을 든 채 말을 타고 달렸을 그곳에서 달려보고 싶었기 때문이다. 나는 결투장으로 다가가며 호택이의 얼굴을 살짝 쳐다보았다. 비장해 보이는 얼굴이다. 그냥 나의 짐작일 뿐이다. 날씨가 차가워서인지 그가 숨을 몰아쉴 때마다 콧김이 뿜어져 나왔다.

문제는 무성한 잔디였다. 웃자란 잔디야말로 호택이가 가장 좋아하는 풀이다. 다리 밑으로 내려가더니 호택이가 풀 뜯는 일에 심취하기 시작했다. 영양가 만점인 잔디류의 풀은 호택이에게 최고의 음식이었다.

나는 매정하게 고삐를 잡고 외쳤다.

"호택아, 적이 온다. 앞으로 돌격억!"

동키 호택

어째 나만 비장하다. 고삐를 아무리 당겨도 꿈쩍도 하지 않고 풀을 뜯는다. 호택이는 풀에 대한 욕심으로 전투력을 상실했다. 실제의 결투였다면 우리는 적에게 처참한 패배를 당했을 것이다. 나는 호택이 앞으로 뛰어나가며 "돌격!" 하고 외쳐도 보았지만 외로운 함성일 뿐이었다.

이때 다리 위에서 사람들의 함성이 들렸다. 이른 아침 다리를 건너던 순례자들이 난간에 서서 나의 이상한 행동을 지켜보고 있었던 것이다. 사람들은 등산 스틱을 흔들며 격려하기도 하고 박수를 치기도 했다. 당나귀여서 큰 기대는 하지 않았으나 오늘만큼은 로시난테를 능가하는 용맹성을 기대했다. 함께 오래 걷다 보니 호택이를 너무 과대평가한 듯하다.

나는 오르비고를 떠나며 참았던 이야기를 꺼냈다.

"호택아. 카미노는 말이야, 욕심을 버려야 하는 길이야. 너는 식욕을 버려야 해. 그 식욕 때문에 모든 일을 망치는 거야."

호택이는 내 말을 알아들었는지 아닌지 반응도 없이 묵묵히 걸었다.

마을을 떠나 동네가 멀어질 즈음 휴대전화가 없어진 것을 알았다. 경기장 풀밭에 흘리고 온 모양이었다. 호택이와 실랑이를 벌이다 풀밭에 흘린 게 분명했다. 나는 호택이를 길가 나무에 단단히 묶어두고 왔던 길을 되돌아가야 했다. 풀밭에서

휴대전화를 찾았다. 나는 돌아오며 다짐했다.

'이제 너하고 무슨 일을 도모하면 내가 당나귀다.'

우리는 언제나처럼, 떠오르는 태양을 곁에 두고 묵묵히 걸었다. 사람도 짐승도 오랫동안 함께하다 보니 서운함도 생긴다. 참 희한한 일이다.

망할 놈의 개가
천사였다니

멀리 아스토르가^{Astorga}가 보였다. 도시는 굳건한 성곽에 갇혀 있었다. 우리는 오르비고를 떠나 낮은 산을 몇 개 넘었다. 산 아래 작은 마을이 보였다. 산 후스토 데 라 베가^{San Justo de la Vega}라는 푯말이 보였다.

마을이 끝나는 지점에 강이 흘렀다. 뒤를 돌아보니 호택이가 돌로 된 십자가 앞에 서 있었다. 호택이는 돌 십자가를 물끄러미 바라보았다. 처음이었다. 풀이 아닌 다른 것에 관심을 보이다니. 목줄 없이 다니니 호택이도 자신의 관심사에 따라 움직였다.

목줄을 놓은 이후 여러 가지 변화가 있었다. 그중 가장 두드

동키 호택

러지는 것은 동료애가 높아졌다는 것이다. 호택이는 자기 일을 하다가도(일이라고 해도 풀 뜯는 거지만) 내가 멀어지면 하던 일을 그만두고 따라왔다. 내가 보이지 않으면 어김없이 서둘러 따라왔다. 가끔 호택이가 딴 길로 가더라도 모른 척하고 걸으면 어느샌가 내 옆에 그가 와 있곤 했다.

이즈음 호택이와의 언어적 소통이 많이 개선되었다. 적어도 '가자'와 '서' 정도는 완전히 터득했다. 호택이가 돌 십자가에서 머뭇거리자 내가 큰 소리로 그를 불렀다.

"호택아, 가자. 저 마을에 자러 가자."

호택이는 아쉽다는 듯 미적거리다 곧 나를 따라왔다. 그는 돌 십자가 주위를 둘러싼 돌계단을 내려오다 하마터면 넘어질 뻔했다. 이제 우리는 서로가 함께해야 한다는 것에 완전히 합의했다.

마을은 매우 건조해 보였다. 마을 입구에 갈증에 목말라하는 순례자 상이 있다. 그 모습을 보니 더욱 목이 말랐다.

인터넷을 뒤져보니 두 개의 호스텔이 있다. 한 호스텔은 '내부 수리 중'이라는 팻말이 걸려 있었다. 다른 숙소는 호텔이었는데 이마저도 문을 닫았다. 아쉽게도 모든 숙소가 문을 닫았다. 어차피 우리는 도시에서 잠을 잘 수 없다. 당나귀가 머물 장소가 없기 때문이다.

당나귀를 보자 사람들이 관심을 가지고 다가왔다. 캠핑을 해야 하는데 마땅한 장소를 찾기 힘들었다.

"돈데 캄핑 아구아(dónde camping agua, 어디, 캠핑, 물)?"

이 말은 딱 세 마디 스페인어로 만든 질문이다. 물이 있는 야영지가 어디에 있느냐는 의미다.

"시 시(sí sí, 아아, 알겠어요)."

한 사내가 고개를 까딱이며 따라오라는 시늉을 했다. 그가 가리키는 곳을 보니 강가에 야영지가 보였다. 아담하게 보이는 아늑한 장소였다. 작은 집은 처마 지붕이 넓어서 텐트를 칠 것도 없었다. 강가에는 잔디류의 풀이 가득 깔려 있었다. 물이 없었으나 마셔도 될 정도의 맑고 시원한 강물이 흘렀다.

나는 늦은 점심을 위해 불을 피웠다. 그 순간 멀리서 덩치가 큰 개 한 마리가 어슬렁거리며 나타났다. 개는 일정한 거리를 둔 채 우리를 멀찍이서 바라봤다.

냄비에 파스타를 한창 끓이고 있는데 버너의 불이 꺼졌다. 예비 연료도 없었다. 나는 덜 익은 파스타를 그대로 둔 채 마을로 향했다. 가게가 모두 문을 닫은 시간이라 연료를 구하는 일이 쉽지 않았다.

한참을 헤매다 문을 연 빵 가게를 발견했다. 주인이 "부엔 카미노"를 외치며 나를 반겼다. 빵 가게에는 연료와 계란도 팔

동키 호택

왔다. 마실 물과 와인도 한 병 샀다. 콧노래가 나왔다. 오늘 저녁은 와인과 함께 고기를 구워 먹을 생각이었다.

마을을 나와 캠핑장에 들어서는데 짐들이 풀밭에 어지럽게 흩어져 있었다. 음식 재료는 물론 침낭과 매트 그리고 모든 옷가지가 사방에 있었다. 파스타 봉지가 터진 채 풀밭을 뒹굴었고 치즈와 소고기도 감쪽같이 사라졌다.

범인은 분명히 그 개였다.

무엇보다 나를 가장 화나게 한 것은 보약처럼 아꼈던 라면을 먹어 치웠다는 점이었다. 개를 향한 분노가 하늘을 찔렀다. 이제 먹을 수 있는 것이란 방금 사 온 계란과 호택이가 먹던 딱딱한 빵 그리고 우유뿐이었다. 성대한 만찬을 즐기려던 계획은 초라한 저녁으로 변모했다.

이른 저녁 모닥불을 피워 빨래를 말리는데 다리 밑에서 그 망할 놈의 개가 나타났다. 그는 꼬리를 치며 먹을 것을 얻으려는 듯 굽신거리며 다가왔다. 나는 강가에서 돌을 주워 힘껏 던졌다. 첫 번째 돌이 개의 꼬리 부분을 명중시켰다. 통쾌했다.

나는 놀라 달아나는 개를 쫓아 옥수수밭 근처에서 또 하나의 돌을 던졌다. 날아간 돌이 개 옆을 아슬하게 비켜나더니 옆에 있던 쟁기에 맞았다. 그 소리에 놀란 개는 옥수수밭 속으로 황급히 몸을 숨겼다. 나는 옥수수밭까지 쫓아가 돌을 던지며 소리쳤다.

"또다시 나타나면 아주 죽여버리겠어."

나는 강가로 돌아오는 내내 화가 풀리지 않아 거친 숨을 달래야 했다. 내가 이렇게 화를 내고 있을 때도 호택이는 평화롭게 풀을 뜯을 뿐이었다. 처음으로 호택이가 남처럼 느껴졌다.

모닥불 앞에 있자니 마음이 차분해져갔다. 주위의 마른 나뭇가지를 주워 넣자 불은 점점 크게 타올랐다.

어느 정도 시간이 흘렀을 때 어둠 속에서 무언가 어슬렁거렸다. 그 개였다. 그는 머리를 숙이고 엉덩이를 연신 흔들어댔다. 나와 눈이 마주칠 때면 그는 더욱 꼬리를 세차게 흔들며 사죄하는 모습을 보였다. 그 모습에 치밀었던 화가 조금 풀리는 것 같았다. 내가 다가오라고 손짓하자 의심을 거두지 못한 개가 어둠 속으로 사라졌다.

내가 잠들면 그 개가 반드시 올 것이다. 남은 음식을 쇠창살과 처마 천장에 매달아놓으니 그나마 마음이 놓였다. 이제 도둑맞을 일은 없어 보였다.

이른 새벽, 작은 기척에 잠에서 깼다. 침낭의 지퍼를 조금 열어 밖을 살펴보았다. 그 개였다. 나는 개가 다가오면 벌떡 일어나 혼쭐을 낼 참이었다. 개는 여러 번 주저하더니 점점 거리를 좁혀 왔다. 나는 작은 실눈을 뜨고 그가 다가오기를 기다렸다.

그 순간 나는 개의 모습을 보고 깜짝 놀랐다. 어찌나 말랐던지 뱃가죽에 그의 갈비뼈가 고스란히 드러났다. 그가 비굴한 모습으로 애걸해야 했던 이유를 이제야 알았다.

갑자기 측은한 마음이 몰려왔다. 그동안 순롓길에서 숱한 어려움을 겪었다. 그때마다 낯선 사람들의 극진한 도움으로 위기를 헤쳐 나올 수 있었다. 그런데 나는 뭐란 말인가. 이렇게 굶주린 개를 돕기는커녕 죽이겠다고 소리를 치지 않았던가. 내가 이렇게나 이기적인 사람이었다니. 나는 내가 가지고 있는 것을 아낌없이 주자는 결론에 다다랐다.

먼저 계란을 모두 삶았다. 어제 사 온 계란 중에 여덟 개가 남았다. 나는 한 개만 먹기로 하고 일곱 개를 찐 다음 개에게 던졌다. 파스타를 삶으며 닭고기 맛이 나는 스톡을 넣었다. 가방을 뒤지다가 홍합 통조림을 발견했다. 어찌나 기쁜지 소리를 질렀다. 해물 파스타가 먹음직스럽게 완성되었다.

나는 요리한 것을 냄비째로 개 앞에 놓았다. 냄비가 뜨거워서인지 잘 먹지 못했다. 나는 돌바닥에 음식을 쏟아주었다. 딱딱한 빵을 으깬 다음 그 위에 우유를 부었다. 그리고 남겨놓은 홍합을 그 위에 부었다. 제법 풍족한 음식이 되었다. 내게 있던 모든 음식을 개에게 주고 나니 마음에 평화가 찾아왔다.

"호택아, 우리 오늘 잘했지?"

▌바싹 마른 개. 이 개를 만났기에 그동안 많은 도움을 받았다는 사실을 다시 떠올
릴 수 있었다.

"……."

다리를 건너며 아직도 음식을 먹고 있는 개를 보았다. 개는
아쉬운지 이미 다 먹어버린 돌바닥을 핥고 있었다.

'오늘 너의 한 끼는 내가 감당했어. 또 한 끼는 다른 누군가
가 감당할 거야.'

이른 아침의 찬 바람이 불어왔다. 눈가에 원인을 알 수 없는
이슬이 맺혔다.

동키 호택

당나귀 박사들이
사는 마을

아스토르가에서 우리는 좀 더 한 발 더 나아간 경험을 했다. 아스토르가는 스페인 대주교 궁이 있는 도시다. 도시를 지날 때마다 단단히 붙잡았던 호택이의 목줄을 이번에는 사용하지 않기로 했다. 이제 호택이도 도시 환경에 익숙해졌다. 큰 염려는 없었다.

도시의 가파른 언덕을 오르니 평지가 이어졌다. 나와 호택이가 걷는 모습을 보고 사람들이 흥미로워했다.

대주교 궁과 이웃한 아스토르가 산타마리아 대성당에서의 일이다. 산타마리아 대성당은 다른 곳과는 달리 철책으로 둘러쳐 있다. 열린 철문 안으로 들어가자 호택이도 따라 들어왔다.

이제 호택이는 내가 가는 곳이라면 당연히 따라다녔다.

내가 웅장한 교회 건물을 이리저리 둘러보는 동안 호택이도 건물의 이곳저곳을 다니며 기웃거렸다. 벽면 부조를 구경하다 돌아보니 호택이는 성당 뒤편에 있는 박물관을 들여다보고 있었다.

웬 당나귀가 성당 안을 혼자 돌아다니는데도 사람들은 태평했다. 호택이를 보고 사진을 찍거나 미소를 짓기만 했다.

박물관에서 기념품을 팔던 여직원이 밖으로 나왔다. 이제 그녀가 어떤 말을 할지 대충은 예측이 됐다.

"세상에나, 당나귀라니. 너무 예뻐요. 이렇게 예쁠 수가."

그녀는 호택이에게 입을 맞추기까지 했다. 그녀는 호택이를 자기가 돌볼 테니 박물관을 구경하라고 했다. 창문에 입장료가 6유로라는 종이가 붙어 있었다. 그녀는 내게 티켓을 주면서 말했다.

"이 표는 제가 무료로 드리는 겁니다. 당나귀는 제가 볼 테니 걱정하지 마시고요."

표를 팔아야 할 직원이 호택이와 사랑에 빠져 본분을 잊었나 보다. 표를 건넨 여직원이 다시 호택이에게로 돌아갔다. 이제 호택이가 박물관 입장권까지 벌어다 준다.

내가 박물관을 보고 오는 동안 호택이는 박물관 철창에서

동키 호택

┃ 돼지 뒷다리를 소금에 절여 건조한 하몬. 스페인은 돼지고기의 천국이다.

다소곳이 나를 기다렸다. 다행히 똥은 싸지 않아 성당에서의 예의를 확실히 지켰다. 아쉬워하는 여직원을 뒤로하고 도시를 빠져나왔다.

오늘의 최종 목적지는 라바날 델 카미노Ravanal del Camino라는 마을이다. 호택이가 길가의 가시나무에서 무엇인가를 열심히 따 먹었다. 자세히 보니 도토리였다.

스페인에서는 도토리를 먹고 자란 돼지가 유명하다. 이른바 이베리코 돼지다. 훈제 햄인 하몬은 스페인을 대표하는 세계적인 음식이다.

라바날 델 카미노로 향하는 도중에 무리아스 데 레치발도Murias de Rechivaldo라는 마을을 지나게 되었다. 무리아스 마을의 입구는 약간 언덕길이었다. 곧게 뻗은 길이 마을을 양쪽으로 나누었다. 아주 작은 마을이다.

작은 공원 앞에 크리스 바^{Bar Cris}라는 간판이 보였다. 바에 있던 사람들의 시선이 우리에게로 쏠렸다. 약간 마른 체격의 사내가 다가오더니 호택이를 끌고 바와 연결된 담벼락으로 데려갔다. 담벼락에는 말이나 당나귀를 위한 쇠고리가 달려 있었다. 호택이 주변으로 마을 남자들이 모여들었다. 그들은 호택이를 보며 한마디씩 거들었다.

"아이고, 이 짐을 어찌 이렇게 싣고 다니나?"

"글쎄 말이야. 당나귀가 얼마나 힘들겠어?"

그들은 호택이의 짐받이 고정틀을 만지며 말했다. 당나귀의 주인이 옆에 있든 말든 아랑곳하지 않는다. 그들은 호택이의 발바닥을 들어 살피기도 하고 이를 벌려가며 치아를 살피기도 했다. 호택이가 불편했는지 흥분한 나머지 똥을 쌌다. 한 노인이 구둣발로 똥을 쓸어 나무 밑동에 쌓았다. 호택이가 버둥대도 사람들은 멈추지 않았다.

똥을 발로 치웠던 노인이 어디론가 전화를 걸었다.

"내가 전문가를 불렀으니 이제 안심하셔도 돼요. 그 사람이 도와줄 거예요."

나는 무엇이 문제인지도 모르는데 이들은 내게 안심하라고 했다. 사람들은 그가 오면 다 해결된다며 걱정하지 말라고 했다. 정작 나는 문제를 모르니 걱정도 없다.

"당신은 안심하고 바에서 맥주나 한잔하세요."

이후에도 사람들은 호택이의 엉덩이를 잡아 쥐어본다거나 심지어는 항문에 손가락을 넣어 냄새를 맡는다거나 맛을 보기도 했다.

점점 나는 속이 타들어 갔다. 사람들의 그런 행동을 보자니 마음이 몹시 불편했다. 그들의 모습으로만 본다면 호택이에게 무언가 중대한 문제가 발생한 것처럼 보였다.

잠시 후 예수스라는 이름을 가진 남자가 나타났다. 그들이 말하는 전문가가 온 모양이었다. 예수스는 호택이의 턱을 잡고 사정없이 이빨을 까뒤집어 보더니 말했다.

"이 당나귀는 일곱 살이군요."

아리츠는 호택이의 나이가 여덟 살이라고 했는데 그는 일곱 살이라고 말한다.

"여덟 살이라던데요."

"아니에요. 일곱 살이 맞아요. 혹시 가축 등록증 있나요?"

그가 서류를 보더니 말했다.

"이것 보세요. 일곱 살 맞잖아요."

서류를 본 그가 다시 한번 정확한 나이를 맞혔다. 그는 호택이의 짐 고정 장치를 모두 풀었다.

"당신은 이 짐 고정틀을 잘못 설치했어요."

그는 호택이의 목 부근을 우직한 손으로 만지며 말했다.

"여기가 사람으로 치면 어깨입니다. 이 어깨에 짐의 무게가 모아져야 하지 않겠어요?"

그는 다시 호택이의 엉덩이에 가까운 등을 만지면서 말을 이었다.

"여기는 사람의 허리와 같아요. 허리춤."

그는 자신의 허리를 만지며 설명을 이어갔다.

"짐을 어깨가 아니라 허리에 메고 다녔으니 당나귀가 얼마나 힘들었겠어요. 이것 좀 보세요. 엉덩이 쪽의 살이 다 헤졌잖아요."

짐의 무게가 다 뒤쪽으로 쏠리는 바람에 엉덩이가 헐어버렸다는 것이다. 그는 가지고 온 연고를 헐어 있는 피부에 정성껏 발라주었다. 그는 자신이 묶었던 모든 장치를 풀어 나에게 다시 해보라고 했다.

예수스가 무어라 말할 때마다 사람들이 맞장구를 쳤다. 내가 예수스가 알려준 대로 짐 고정 장치를 묶어 보였다. 그러자 사람들이 박수를 치며 좋아했다.

"이 마을에는 말과 당나귀가 아주 많아요. 저는 그들의 건강과 환경을 체크하는 일을 하죠. 당나귀도 물론 제가 보살피는 동물입니다."

그는 작은 가방을 열더니 연고를 꺼내 내게 건넸다.

"당나귀의 엉덩이 가죽이 많이 닳았습니다. 그리고 발바닥을 자주 살펴주셔야 해요. 당나귀의 발바닥은 당신의 신발과 같답니다. 그리고 깃 쪽에 진드기가 붙었던 자국이 크게 나 있던데, 모르셨나요?"

그러고 보니 호택이가 종종 목을 나무에 비볐다.

"진드기는 손으로 떼기도 힘들 정도로 단단히 붙어 있어요. 손으로 잘못 떼어내면 살점이 떨어질 정도죠. 일단 손톱으로 주둥이 부분을 꼭 눌러서 잘라내듯이 떼어야 해요."

그는 손가락으로 진드기를 떼어내는 시늉을 했다.

나는 고마움의 표시로 맥주를 샀다.

짐을 다시 멘 호택이의 걸음은 한결 수월해 보였다. 나는 저녁마다 예수스가 준 연고를 호택이의 헐어버린 피부에 발라주었다. 하루의 일과가 끝나면 호택이의 발을 들어 살폈다. 그때마다 호택이는 자기 몸을 내 어깨에 기대며 순순히 발을 내어주곤 했다.

이러한 불편함 속에서도 호택이는 불평 한 번 하지 않았다. 그저 묵묵히 자신의 길을 갔을 뿐이다. 예수스를 만난 이후 나

▌ 예수스가 호택이를 살피고 있다.

는 호택이를 살피는 데 더욱 신경을 쓰게 되었다. 그는 나를 위해, 나는 그를 위해 마음을 쓰게 된 것이다.

파드론으로
가시오

라바날 델 카미노는 작은 마을이다. 마을에 들어서니 두 개의 알베르게가 보였다. 나는 시설이 좋지 않은 공립 알베르게를 선택했다. 이유는 단 하나. 그 알베르게에 풀밭이 딸려 있었기 때문이다.

풀이 무성해서 호택이가 머무르기에 좋아 보였다. 게다가 여주인은 무너진 나무 울타리를 세워 호택이가 나가지 못하도록 해주었다. 왜인지 그녀는 체크인도 해주지 않은 채 어디론가 사라졌다.

1층은 여러 명이 잠을 잘 수 있는 공동 침실이다. 나는 호택이가 잘 보이는 창가의 침대를 택했다. 가끔씩 호택이를 살펴

볼 수 있어 좋았다.

저녁 식사 시간이 다 되자 언제 돌아왔는지 주인이 마당에서 어슬렁거리고 있었다.

"사장님, 저녁은 어디서 먹나요? 그리고 돈은 언제 내죠?"

그녀는 건너편에 있는 알베르게를 가리키며 말했다.

"저기 필라 알베르게에서 사 드시면 됩니다."

그러곤 또다시 사라졌다. 그녀를 발견한 것은 필라 알베르게 식당에서였다. 필라 알베르게는 시설이 좋아 순례자들이 즐겨 찾는 곳이었다. 아주머니는 나를 발견하더니 시키지도 않은 음식을 내어왔다.

"여긴 이거 한 가지랍니다."

선택의 여지가 없다는 말이다. 대신 마당 건너편에서 맥주와 커피 등을 팔았다.

벽에는 이 알베르게의 역사를 말해주듯 과거의 사진들로 도배되어 있었다.

커피 한 잔과 식사를 하고 있는데 한국인으로 보이는 중년 남자가 들어왔다. 몸집이 작고 얼굴이 하얀 사람이었다. 그 뒤를 이어 빗자루를 든 젊은 여자가 따라 들어왔다. 역시 한국인으로 보였다.

"깨끗하게 쓸도록 해요."

남자는 한국말로 명령하듯 말했다. 여자는 다소곳한 태도로 마당을 쓸기 시작했다.

그는 내 옆에 앉더니 물었다.

"한국 사람이신가요?"

"네, 한국분이셨군요. 순례 중이신가 봅니다."

"아닙니다, 저는 한국에서 온 신부입니다. 클레멘스 인영균 신부라고 합니다."

마당을 다 쓴 여자가 신부 옆으로 다가와 앉았다. 나는 그들에게 물었다.

"두 분은 잘 아는 사이신가 봅니다."

내 말에 신부가 말했다.

"오늘 처음 만났어요."

영문은 모르겠으나 우리는 한자리에 앉게 되었다. 인 신부는 이 마을에 있는 베네딕토 수도원에서 6년 동안 있었다고 했다. 1년 전, 한국으로 되돌아갔다가 다시 나와서 잠시 이곳에 들렀다고 했다. 그에게는 이곳이 고향과 같은 마을이라고 했다. 그래서인지 마을 사람들과 격의 없는 말을 주고받았다.

"언제 떠나시나요?"

그가 내게 일정을 물었다.

"저는 점심 먹고 떠날 예정입니다. 바로 가야죠. 폰세바돈을 넘어가려면 빨리 떠나야 할 것 같아요."

인 신부는 내게 하루 더 묵을 것을 권했다. 산티아고의 역사와 의미를 들려주고 싶다고 했다. 여자도 이런 이유로 하루를 더 묵기로 했다는 것이다.

그는 우리를 저녁 미사에 참여하게 했다. 시골답게 성당은 작고 아담했다. 안으로 들어가니 촛대 뒤에 야고보의 동상이 서 있었다. 내부가 아주 낡아서 곧 무너질지도 모르겠다는 생각이 들었다. 제단 뒤로 창문이 있고 카미노의 성당들에서 흔히 볼 수 있는 스테인드글라스도 없었다. 십자가에 매달린 예수가 애처롭게 보였다.

다음 날, 거의 하루 종일 인 신부에게 산티아고 길에 관한 설명을 들었다.

"당신의 최종 목적지는 어디죠?"

"저는 산티아고에서 당나귀를 주인에게 돌려주기로 했어요. 그 뒤엔 혼자 피스테라Fisterra까지 가보려고요. 땅끝마을이요."

"왜 그곳에 가시려고 하죠?"

갑작스러운 질문에 내가 주저하자 그가 말을 이었다.

"사람들이 땅끝의 상징이라며 그곳을 만들었죠. 하지만 야고보와는 무관한 곳입니다."

그가 말을 이어갔다.

"순롓길의 의미를 알고 싶다면 파드론Padron으로 가셔야 해요. 그곳이 바로 산티아고 데 콤포스텔라가 시작된 곳이니까요."

파드론은 야고보의 시신을 실은 배가 도착한 곳으로 알려진 곳이다. 산티아고에서 남쪽으로 약 25킬로미터 지점에 있다.

야고보는 갈리시아에서 성공적인 선교를 하던 중 예수의 어머니 마리아가 위독하다

❙ 사실 나도 남들이 다 가본다는 피스테라까지 갈 예정이었다. 인 신부의 말을 듣고 목적지를 바꿨다.

는 전갈을 받았다. 유대로 돌아간 야고보는 기독교를 탄압하던 헤롯왕에게 잡혀 죽임을 당했고, 기독교 최초의 순교자가 되었다. 야고보의 시신은 여러 경로를 거쳐 세상의 땅끝 갈리시아로 향했는데, 그의 시신을 실은 배가 다다른 작은 강가에는 배를 묶어놓기 위한 돌기둥이 세워져 있었다. 이 기둥을 스페인어로 오파드론Opadron이라고 한다. 이것이 오늘날의 파드론의 유래다.

"그런데 당신은 왜 당나귀를 데려왔나요?"

무언가 멋진 이유를 대려고 했으나 미처 준비하지 못했다.

"하하하, 당신은 야고보를 닮았군요. 그도 지독한 관종(관심종자)이었죠."

그는 호탕하게 웃었다.

"야고보는 자신이 최고의 제자라는 것을 증명하기 위해 땅 끝까지 가라는 말에 열성적으로 응했습니다. 진정한 땅끝은 바로 우리나라죠. 이 사실을 그가 알았다면 우리나라 어딘가가 야고보의 성지가 되었을 겁니다. 야고보는 지독히도 관심받고 싶어 한 인물이랍니다. 하하하!"

너무도 정확한 지적이었다.

나는 화제를 다른 곳으로 돌렸다.

"당나귀의 등에는 모두 검은색 털로 십자가가 그려져 있답니다. 저 당나귀에게는 없지만요."

"정말인가요? 당나귀 등에 십자가가 있다고요?"

"네, 예수님이 타고 예루살렘으로 들어간 당나귀에게도 십자가가 있을 거예요. 제 당나귀처럼 검은 털이 아니라면요."

당나귀의 십자가 무늬와 예수의 십자가가 어떤 관련성이 있는지는 알 바 아니었지만 그에겐 흥미로운 이야기였다.

동키 호택

다음 날 아침, 인 신부는 한국으로 떠났다. 나는 레스토랑을 찾아 아침 겸 점심을 먹으려고 했다. 수도원 쪽 골목에 대문이 멋진 레스토랑이 보였다.

안에 들어서니 흰색 와이셔츠를 입은 주인이 반갑게 맞이해 주었다. 아주 훌륭한 식당으로 보였다.

"어서 오시죠. 이 식당은 라바날에서 가장 오래된 품격 있는 레스토랑입니다."

간단하게 샌드위치에 커피를 마시려고 했는데 나도 모르게 스테이크와 와인을 시켰다. 분위기와 품격에 눌려 과소비를 해 버렸다. 주인은 내 주문에 만족했다는 듯 큰 소리로 외쳤다.

"페르펙토(perfecto, 훌륭합니다)."

그가 가져온 붉은 와인이 식욕을 맹렬하게 돋웠다. 나는 눈을 지그시 감고 잔을 들어 코에 가까이 댔다. 잔을 빙빙 돌리니 향기가 풍성해졌다. 그리고 눈을 뜨고 한 모금 마시려는 찰나, 잔 안에서 옴짝거리는 생명체를 발견했다. 와인에 빠져 사투를 벌이는 파리였다.

나는 주인을 불러 잔 안에 파리가 있다고 했다. 그는 내 포크를 집어 들더니 파리를 꺼냈다.

"퓨어 내추럴, 파리도 좋아하는 리오하 와인. 하하하!"

주변 사람들이 무엇이 문제냐는 표정으로 바라보았다. 주인은 바꾸어 주겠다며 잔을 가져가려 했다.

"그냥 두시죠. 제가 마시겠습니다."

주인이 눈을 동그랗게 뜨고 놀란 표정을 지었다.

"파리만큼 청결한 곤충은 없을걸요? 그는 항상 손을 비비며 손을 씻고 있잖아요."

내가 손을 비비며 파리 흉내를 내자 사람들이 큰 소리로 웃었다. 그럼에도 주인은 새 와인을 들고나왔다.

"이 와인에 빠진 파리는 제가 이미 건져냈으니 안심하세요. 하하하!"

파리를 건져내고 왔다는 주인의 말에 다시 웃음이 나왔다. 산티아고 순렛길에 대한 의미가 주어진 날이다. 종착지가 대서양에 있는 땅끝마을 피스테라에서 야고보의 시신이 도착한 파드론으로 바뀌었다. 나의 여행은 서서히 종착점을 향해 나아가고 있었다.

진짜 동키
서비스

폰페레다를 거의 빠져나갈 즈음 백발의 노인이 나를 불렀다. 그는 명함을 한 장 건넸고, 직원인 듯한 젊은 여자 엘레나가 영어로 통역했다.

"저는 비야프랑카에서 알베르게를 운영하는 헤수스입니다. 우리 집에 꼭 들러주세요."

엘레나는 휴대전화에서 무언가를 열심히 찾더니 사진 한 장을 보여주었다.

"이 사진 보세요. 할아버지도 당나귀와 함께 산티아고에 가신 적이 있어요."

말 그림이 그려진 명함에는 '페닉스 알베르게'라는 말이 쓰여 있었다.

노인은 꼭 들러달라며 신신당부하고 길을 떠났다.

비야프랑카로 향하는 길은 매우 거칠었다. 다른 지방과는 달리 포도밭이 아니라 온통 자갈밭이었다.

피에로스Pieros라는 마을에 도착했을 때는 호택이가 투정을 부릴 만큼 지친 상태였다. 언덕 위에 있는 마을까지 1킬로미터를 가는데 진땀을 빼야 했다.

마을은 내리막 경사를 타고 집들이 들어서 있었다. 그곳에 작은 알베르게가 있었다. 알베르게의 창문을 따라 뒷마당이 길게 이어지는 곳이었다. 적당히 풀도 있었다.

손님은 오직 우리뿐이었다. 직원이 내게 비닐 주머니를 주며 말했다.

"여기에 모든 짐을 넣어주세요."

처음 겪는 황당한 일이었다. 아마도 야영 생활에서 붙어 왔을지 모르는 해충을 방지하려는 의도로 보였다.

다음 날 아침, 마침 지역 방송인 폰페레다TV에서 길거리 인터뷰를 요청해왔다. 헤수스와의 약속을 지키려 비야프랑카로 향하는 길에서 인터뷰를 했다. 이 방송은 지역을 대표하는 방송이었다.

❶ 페닉스 알베르게에서. ❷ 벽에 박힌 쇠고리는 말이나 당나귀의 고삐를 묶어놓는 용도다. ❸ 기타 한 대로 다 같이 노래를 부르는 낭만이 있다.

헤수스의 알베르게가 있는 비야프랑카 마을은 계곡을 사이에 두고 있었다. 제법 많은 사람이 사는 큰 동네였다. 계곡에 펼쳐진 마을의 집들이 잘 익은 석류처럼 탐스러운 동네였다.

페닉스 알베르게는 마을이 시작하는 곳에 있었다. 마을이 훤하게 내려다보일 정도로 전망이 탁 트인 위치였다.

언덕을 내려가자 멀리 알베르게 앞에서 헤수스와 엘레나가 손을 흔들었다. 오래된 알베르게여서인지 건물 벽에는 많은 쇠고리가 달려 있었다.

엘레나는 나를 문 옆에 있는 별실로 데리고 들어갔다. 이곳은 일반 순례자들이 사용하는 곳이 아니었다. 2층에 사무실이 딸린 구조였다. 이른바 특별 대우를 받은 것이다.

"1층에서 주무시고 2층에서 작업하세요."

1, 2층 모두를 사용해도 된다고 했다.

헤수스는 호택이를 알베르게 옆에 있는 마당으로 데리고 갔다. 그는 그곳에서 호택이에게 오트밀을 먹이고 있었다.

헤수스가 당나귀와 함께 산티아고를 걸었던 것은 여든 살 때의 일이라고 했다. 그때 함께했던 당나귀의 이름은 오스칼이라고 했다. 흰색 털을 가진 멋진 당나귀였다.

"지금 오스칼은 어디에 있나요?"

"그만의 낙원에 있죠. 이틀 후에 그가 있는 목장에 같이 가요."

자연스럽게 일정이 3일로 늘어버렸다.

동네를 산책하는데 계곡 맞은편에 호택이가 보였다. 나는 몸을 숨기고 큰 소리로 호택이를 불렀다. 혹시나 내 목소리를 알아듣고 대답하지 않을까 하는 기대 때문이었다. 내 목소리가 계곡을 타고 메아리처럼 울렸다. 그때 호택이가 고개를 번쩍 치켜올리더니 큰 소리로 답했다. 그의 우렁찬 목소리가 계곡을 건너 메아리처럼 울려왔다.

헤수스의 알베르게는 매일 새로운 사람들로 가득 찼다. 저녁에는 푸짐한 순례자 만찬이 차려졌다.

식사가 끝나면 사람들은 헤수스의 이야기에 귀를 기울였다. 그는 오래전에 했던 당나귀 오스칼과의 영상도 보여주었다. 그들은 순례자 노래를 함께 부르기도 하고 재능 있는 순례자의 노래를 듣곤 했다. 이러한 그의 여행 이야기가 미국의 유력 신문인 「뉴욕 타임스」에 실리기도 했다고 자랑했다.

이제 카스티야이레온 지방의 마지막 끝에 도달했다. 이미 칸타브리안 산맥은 하얀 눈으로 덮여 있었다. 겨울이 온 것이다. 때는 11월의 끝자락이었다.

헤수스는 엘 파소라는 알베르게를 소개해주었다. 넓은 정원이 있어서 호택이가 머물기 좋다고 했다. 엘 파소에서 하루를 자고 나면 오세브레이로까지 가파른 길을 올라야 한다. 드디어 야고보의 땅 갈리시아로 들어선다는 의미였다.

이른 오후 우리는 엘 파소에 도착했다. 알베르게는 작았지만 매우 청결했다. 작은 건물과 어울리지 않게 드넓은 풀밭이 펼쳐져 있었다.

알베르게의 주인 랄로는 거실에 있는 화목 벽난로 앞을 떠나지 않았다. 택시 다음으로 잘 기억될 이름이다 싶었는데, 스페인에서는 곤살로Gonzalo라는 이름을 줄여서 그렇게 부른다나.

벽난로 안 석쇠 위에서는 소고기와 아이 주먹만 한 크기의 양송이 그리고 산에서 주워왔다는 밤이 먹음직스럽게 익어가고 있었다. 음식이 익으며 나는 냄새로 입안에 침이 고였다.

손님이라곤 달랑 나와 당나귀 한 마리뿐이었다. 겨울이 다 가오는 데다 코로나19 팬데믹의 영향으로 사람이 없다고 했다. 나를 위해 고기를 굽고 맛있는 음식을 만들고 있는 랄로의 모습은 수도자처럼 경건해 보였다.

이때 데이비드가 콧노래를 부르며 들어왔다. 데이비드는 장기 투숙자인데 마치 주인처럼 행동하는 사람이었다. 유머가 넘치고 재능이 뛰어났다. 그는 근처 상점에서 하몬과 빵을 사가지고 들어왔다. 그는 늘 후드티에 달린 모자를 쓰고 다녔는데 알고 보니 아주 깔끔한 대머리였다.

동키 호택

▌심심해서 해본 알베르게 음식 만들기.

요리하는 것이 즐겁다는 그가 멋진 저녁을 차렸다. 구운 빵에는 웃는 모양의 그림도 그려 넣었다. 식빵을 굽기 전에 손가락으로 꾹꾹 눌러 그림을 그렸다. 식빵이 오븐을 통과하면서 누른 부분이 타지 않아 자연스럽게 그림이 그려지는 방법이었다.

저녁 음식이 익어갈 때쯤 젊은 두 남녀가 들어왔다. 여자는 발이 몹시 아픈지 제대로 걷지도 못할 정도였다. 어찌나 고생을 했는지 얼굴이 고통으로 일그러져 있었다. 남자도 힘들긴 마찬가지로 보였다.

랄로는 벌떡 일어나 그들을 난로 앞으로 오게 했다. 그들은 사라고사가 있는 아라곤Aragon주에서 왔다고 했다. 여자의 이름은 마리아, 남자는 라울이었다.

"아, 저도 마리아라는 사람을 압니다. 폰페레다TV 앵커죠."

내가 자랑하듯 말하자 데이비드가 웃으며 말을 받았다.

"스페인 여자의 반은 마리아일걸요?"

마리아의 발은 염증이 퍼져 고통이 심해 보였다. 라울도 두 개의 짐을 지고 오느라 여간 고생한 것이 아니었다.

"라울, 내일 떠나실 건가요?"

그가 고개를 끄덕이며 말했다.

"조금이라도 걸으려고 하는데 저 산이 문제긴 합니다. 굉장히 험하거든요."

"그럼 진짜 동키 서비스를 이용하시죠?"

내가 밖에 있는 호택이를 가리키며 말하자 랄로와 데이비드가 큰 소리로 웃었다. 그들은 박수를 치며 좋은 생각이라고 외쳤다. 라울과 마리아는 영문을 몰라 두리번거렸다.

다음 날 아침, 내가 호택이 등에 두 사람의 배낭을 싣자 라울이 그제야 이해했다는 듯 웃었다.

"제가 짐을 날라다 줄게요. 오세브레이로에서 잘 거잖아요? 거기까지 당나귀에게 짐을 맡기세요."

나는 그들의 가방을 호택이의 두 짐가방에 나누어 실었다. 대신 호택이의 짐 일부를 내 배낭으로 옮겼다. 오랜만에 나도 배낭을 지게 되었다. 우리는 늘 그렇듯이 늦은 아침에 길을 떠난다. 라울과 마리아가 떠난 지 한참이 지나서야 게으른 순례자는 길을 나섰다.

▌산 정상에서 눈을 맞고 선 호택이.

당신의 당나귀는
암놈인가요?

야고보의 땅 갈리시아로 들어가는 길은 험했다. 가파른 산을 타고 오르면서 날씨가 급속하게 바뀌었다. 청명한 하늘을 가리키며 눈이 오고 있다는 한 데이비드의 말은 거짓이 아니었다.

산이 시작될 즈음 목이 말라왔다. 변변한 가게도 없어 물을 구할 수가 없었다. 할 수 없이 길가에 있는 작은 집 대문을 두드렸다. 얼굴에 굵은 주름이 그어진 농부가 문을 열고 얼굴을 내밀었다.

"저 물 좀 얻을 수 있을까요?"

잠시 후 사내가 짙은 갈색 병을 건네며 말했다.

동키 호택

"빵에는 포도주가 제격이지."

물을 달랬더니 포도주를 주었다. 종이봉투에 아무렇게나 싼 빵이 비에 젖어 일그러졌다. 처마에 쭈그리고 앉아 빵을 먹으려는데 호택이가 보이지 않았다. 그사이 호택이는 길 건너에 있는 농부의 창고에 들어가 무언가를 열심히 먹고 있었다. 옥수수였다. 황급히 뛰어가려는데 사내가 외쳤다.

"내버려둬요, 먹게."

그는 당나귀가 먹어도 괜찮다는 듯 손을 저으면서 집 안으로 들어갔다.

산은 구름에 가려져 커튼 뒤에 숨은 지킬 박사처럼 형체만 어슬렁거렸다.

차도는 급경사면을 요리조리 피하면서 긴 꼬리를 그렸다. 곧 포장되지 않은 숲길이 나왔다. 아마도 이 길은 오래전 누군가의 발자국에서 시작되었을 것이다. 우거진 숲속으로 호택이가 먼저 들어갔다. 막 단풍이 들기 시작한 풍경이 신비로웠다. 길을 따라가다 보면 요정의 마을이 나올 것 같았다.

세상일은 모두 대가를 지불해야 한다. 거리가 짧은 대신 오르기에 벅찬 비탈길이 그 대가였다. 산길은 두 걸음을 올라가면 한 걸음을 거슬러 받았다. 네발짐승인 호택이가 연신 비틀거렸다. 처음으로 발이 두 개라는 것이 좋다는 생각에 픽 웃음이 나왔다.

당나귀는 네 개의 발로 걸어간다. 뒷발은 앞발이 결정한 것을 그대로 따라간다. 뒷발은 전륜구동 자동차처럼 수평으로 이동할 뿐이다. 뒷발에 눈이라도 달렸는지 한 치의 오차도 없다. 앞발이 밟은 곳에 정확히 뒷발을 내려놓을 뿐이다.

큰 개 한 마리가 숲을 가로질러 안개 속으로 사라졌다. 놀란 호택이가 자빠질 뻔했다. 아마도 근처에 민가가 있는 듯했다. 곧 동네 개를 다 데리고 나타날 것이다. 작은 마을 입구에 동네 개들이 진을 치고 짖어댔다. 짖는 개는 물지 않는다는 것을 호택이가 모를 리 없다.

개들은 싸우려는 것이 아니다. 목 놓아 짖다가도 주인의 얼굴을 힐끗 쳐다본다. 이때 주인이 흐뭇한 표정이라도 짓고 있으면 '주인님 저 잘하고 있죠?' 하는 표정으로 살랑거린다. 호택이는 개들에게 눈길도 주지 않았다.

산은 거칠고 매우 험했다. 산 정상에 가까워지자 갈리시아라고 적힌 표석이 보였다. 드디어 야고보의 땅으로 들어섰다. 총 거리 800킬로미터 중 650킬로미터를 걸어온 것이다.

갈리시아 땅에서의 첫인사는 혹독했다. 산 정상에 있는 오세브레이로에 가까워지면서 날씨가 더더욱 급작스럽게 변했다. 포근하게 내리던 눈이 점점 눈보라로 변했다.

동키 호택

호택이의 몸이 상고대처럼 온통 눈꽃으로 덮였다. 나는 매우 추워 호택이의 목을 꺼안았다. 신발 속 상황은 더 심각했다. 신발 속으로 들어간 눈이 녹아 물난리를 겪었다.

호택이는 급경사를 오르면서 발이 계속 미끄러졌다. 그래도 당나귀의 균형감각은 대단했다. 미끄러지면서도 네 다리로 잘 버티는 것이 천재적이었다.

오세브레이로는 산꼭대기 마을이다. 변덕스러운 날씨 덕분에 이 작은 마을에는 알베르게가 여러 개가 있었다. 내가 예약한 오세브레이로 알베르게는 354석이나 되는 객실이 있었지만 이미 산을 올라온 사람들로 붐볐다.

한참이 지나서야 라울과 마리아도 도착했다. 나는 그들에게 짐을 전하는 것으로 진정한 동키 서비스를 실현했다. 3일이 걸린 일정이었고, 다행스럽게도 그사이 마리아의 상처는 회복되었다. 어쩌면 그들에게 우리는 천사이지 않았을까.

나는 황급히 호택이에게로 갔다. 이제 문제는 호택이가 머물 장소를 찾는 일이었다.

눈보라가 더욱 거세졌다. 숲속에 아무렇게나 묶어놓은 호택이가 괴로운 듯 머리를 흔들어댔다. 이런 눈보라라면 그에게도 힘든 밤이 될 것이다.

나는 호택이를 데리고 마을 안으로 들어갔다. 혹시 호택이가 머물 헛간이라도 있는지 알아볼 생각이었다. 길모퉁이에 작은 식당이 보였다. 식당 문을 열고 나오는 사내가 우리를 발견하고 말을 건넸다.

"오늘 날씨가 참 지독합니다. 바람까지 말이죠. 당나귀가 고생스럽겠어요."

사정이 딱해 보였는지 그가 걱정스럽게 말했다.

이 작은 산꼭대기 마을에 거친 눈보라의 자비를 기대할 곳은 아무 곳에도 없어 보였다. 호택이를 담벼락에 세워놓고 식당 안으로 들어섰다.

동네 사람들로 보이는 여러 명의 사내가 삶은 문어와 와인을 먹고 있었다. 식당 주인 미누엘이 따뜻한 물을 탁자에 올려놓으며 말했다.

"지금 저 사람들이 당신 당나귀를 걱정하고 있네요. 날마다 이곳에 오는 동네 아저씨들이죠."

그들 중 나를 발견한 사내가 오라는 손짓을 했다. 그는 삶은 문어 한 조각을 칼끝에 꽂더니 내게 내밀었다.

"Pulpo Gallego."

그는 따라 해보라는 시늉을 했다.

"뿔포 그예고? 뿌르뽀 고이고."

내 발음이 우스꽝스러웠는지 사람들이 킥킥 웃었다. 사내는 문어 조각을 흔들며 여러 번 발음을 교정해주었다. 풀포 가예고란 '갈리시아 사람들이 먹는 문어'라는 뜻이란다. 우리나라의 삶은 문어와 완전히 닮았다. 내 입에 문어를 넣어준 사내가 말했다.

"이 문어는 갈리시아 사람들의 영혼이라오."

그사이 주문한 음식이 나왔다. 나는 제자리로 돌아와 따뜻한 수프와 거친 빵을 먹었다. 머릿속에는 온통 호택이 걱정뿐이었다. 그때 미누엘이 다시 내게 다가왔다.

"좋은 소식이 있네요. 어쩌면 당나귀를 재워줄 모양이에요. 마침 마구간에 한 마리를 더 재울 수 있다고 해요."

얼굴이 유난히 흰 사내가 나를 바라보며 향해 큰 소리로 뭐라고 말했다. 미누엘이 말했다.

"당신 당나귀가 성별이 무엇이냐고 묻네요."

"Boy!"

내가 큰 소리로 말하자 갑자기 사람들이 손과 머리를 흔들며 탄식했다. 무언가 잘못된 모양이었다. 미누엘도 안타깝다는 표정을 지으며 말했다.

"안타깝게도 수놈은 안 된답니다. 같이 자야 할 말이 암놈인데 지금 배란기라서 곤란하다고 합니다."

나는 웃음이 나려는데 사람들의 표정은 더 심각해졌다. 낙

심하는 내게 미누엘이 의견을 냈다. 이웃 할아버지네 집에 여유가 있을 것이라며 자기를 따라오라고 했다.

그곳은 선물 가게였다. 물건을 팔던 젊은 여자가 유창한 영어로 우리를 반겼다. 미누엘의 이야기를 전해 들은 할아버지가 작은 문을 열고 나왔다. 사정을 들은 할아버지의 말이 길어지는 것으로 보아 어렵다는 것을 직감했다.

"할아버지네 마구간은 오늘 가득 찼다네요. 한 마리를 더 넣을 수는 있지만 낯설어서 싸움이 날 거래요. 그럼 당나귀가 위험해진다고……. 어쩌죠?"

난처한 내 표정을 본 할아버지와 청년이 안타까워했다. 그때 할아버지가 말했다.

"우물가에 재워주지 그래? 비도 막아주고 물도 있으니까."

이 말을 들은 미누엘의 얼굴이 환해졌다.

"아, 맞다. 저희 가게 바로 옆이에요."

"이 산 정상에 우물이 있다고요?"

"네, 우리 마을이 있게 만든 곳이랍니다. 갑시다."

그의 말대로 우물은 비와 눈을 막아줄 지붕이 있었다. 돌벽으로 둘러싸여 바람도 막아주었다. 호택이는 온몸에 눈을 맞으며 장승처럼 서 있었다. 야고보가 타고 하늘에서 내려왔다는 백마로 착각할 정도였다. 백당나귀 호택이라!

"호택아, 들어가자. 오늘은 이곳에서 자야 해."

눈보라 속에서 버티던 호택이가 비로소 안정을 되찾았다. 그사이 누군가가 호택이에게 마른 건초를 먹였다.

식당으로 되돌아왔을 때 사람들은 이미 집으로 돌아간 뒤였다. 그들이 머물다 간 장소에 먹다 남은 문어와 와인이 남아 있었다. 미누엘은 나에게 먹으라는 시늉을 했다. 마을 사람들이 나를 위해 남겨놓고 간 것이라 했다. 와인 한 잔에 문어 한 조각을 넘기는데 목이 메었다.

밤새 눈이 내렸다. 창가에 부딪히는 바람 소리는 아침이 되자 어디론가 사라지고 창밖에는 파란 하늘과 눈부신 설경만이 남아 있었다.

▎산티아고 순렛길을 걷다가 사망한 성직자 라몬 파소스 세아헤를 기리는 조각상.

동키 호택

두 번의
시련

갈리시아의 땅에 들어와 사리아에 왔을 때 한 가지 난관에 봉착했다. 사리아는 산티아고 데 콤포스텔라를 100킬로미터 앞둔 곳에 있다. 당나귀는 도시를 지나갈 수 없다는 표지판 때문이었다. 이 표지판의 정보가 사실이라면 참 난감한 일이었다. 지나가는 사람들에게 물어봐도 잘 모르겠다는 말만 했다.

일단 도시로 들어가보기로 했다. 거리는 한산했다. 길을 가다 보니 개똥을 길에 버리지 말라는 표지판이 보였다. 이 도시는 동물들에게 관대하지 않은 모양이었다.

마침 길가에 순례자를 위한 안내 사무실이 보였다. 그런데 문이 잠겨 있었다. 언제 문을 연다는 안내장마저 없었다. 시에스타 시간인 듯했다. 스페인 사람들에게 시에스타란 종교에 가깝다. 전쟁 중에도 낮잠을 잤다니 무슨 말이 필요하랴.

이때 길을 지나던 경찰이 나를 발견하고 다가왔다.

"당나귀는 도시 안으로 들어갈 수 없어요. 도시를 돌아가야 합니다."

도시를 돌아간다는 것은 대단히 힘든 일이다. 그보다 도시를 통과하지 않으면 순롓길의 의미도 없다. 나의 전투적 본능이 되살아났다. 나는 이런 전투에 능하며 한발 더 나아가 즐기는 편이다.

수년 전 나는 낡은 마을버스와 함께 세계 일주를 한 적이 있었다. 아메리카 여행을 끝내고 독일의 브레머 항구를 통해 유럽으로 들어갔다. 그런데 독일을 지나 스위스 국경에서 문제가 생겼다. 스위스 국경 경찰은 내가 두 건의 불법을 저질렀다며 조사에 들어갔다.

하나는 무보험이었다. 보험 만기일이 하루 지났다는 것이다. 이것은 120유로의 벌금으로 해결했다.

다른 하나는 불법 운전 혐의였다. 이 범죄는 경우에 따라 중대한 일이 될 수도 있었다. 우리나라와는 달리 대부분의 나라들이 8인승 이상의 차에 대형 운전면허가 필요했다. 우리나라는 15인승까지 1종운전면허로 운전이 가능한 유일한 나라다.

독일은 스위스에 비해 벌금이 약했다. 나는 일단 벌금이 가혹한 스위스의 손아귀에서 벗어나야 했다. 그래서 내 차가 주차된 구역이 어느 나라 땅인지 스위스 경찰에게 물어보았다.

"지금 제 차가 스위스 땅에 있나요? 독일 땅에 있나요?"

스위스 경찰과 독일 경찰 들은 무슨 말을 주고받더니 이렇게 답했다.

"바퀴의 오른쪽은 스위스 땅인데 다른 부분은 독일 땅 같습니다."

"그럼 내가 불법을 저질렀어도 독일에서 한 거니까 독일 경찰에 넘기세요."

사건은 극적으로 독일 경찰에 넘어갔고 나는 항구 보안 체크에서 독일 경찰이 이를 무사히 통과시켰다는 이유를 들어 무죄를 받았다. 이런 일을 한두 번 성공하면 쌈닭이 된다.

나는 경찰에게 호택이의 크리덴셜을 보여주며 말했다.

"이 당나귀는 그냥 동물이 아닙니다. 어엿한 순례자입니다. 자, 이 순례자 증명서를 보세요."

경찰은 기가 찬다는 표정을 짓고 떠났다. 나는 승리감에 도취했다. 그러나 이것은 나의 착각이었다. 지금까지 어떤 도시에서도 호택이를 저지한 적이 없었다. 그렇다면 나는 왜 경찰이 우리를 저지했는지 의문을 가져야 했었다.

도시 가운데로 걸어가자 강이 나왔다. 강에 설치된 콘크리트 다리가 보수 중이어서 차량과 사람의 통행이 막혔다. 멀리 두 개의 작은 다리가 보였다. 이 다리를 통해 사람들이 드나들었다.

다리는 낡고 오래되어 보였지만 통행에는 무리가 없어 보였다. 그런데 다리 앞에서 호택이가 꿈쩍도 하지 않았다. 뭔가 위험을 감지한 것이다. 다리 상판은 나무로 만들어졌는데 오래되어서인지 사람이 건널 때마다 삐걱대는 소리가 났다. 다른 다리도 마찬가지였다.

나는 과장된 걸음짓으로 다리를 먼저 건넜다. 호택이에게 안전하다는 것을 알려주기 위해서였다. 다리 건너편에 서서 호택이를 기다렸다.

한참 주저하던 호택이가 곧 다리 난간 쪽에 바싹 붙어 건너오기 시작했다. 구경하던 사람들이 박수를 쳤다.

경찰은 이러한 위험을 미리 알려주려 했을 뿐이다. 호택이가 머리가 좋았기에 망정이지 다른 당나귀였으면 어림도 없었을 것이다.

이어진 어려움은 사리아를 벗어난 시골 숲길에서 일어났다.

숲에는 작은 개울이 있었는데, 나무다리가 썩어서 사람도 건너 가기 힘든 상태였다. 다행히 물의 깊이가 얕아서 발목까지만 젖을 정도였다.

하지만 당나귀는 물에 들어가는 것을 매우 싫어했다. 아주 간단한 일이다. 호택이는 사소한 것에 소심하게 행동한다는 특 징이 있다. 옆에 대형 트럭이 지나가도 눈 하나 꿈쩍하지 않지 만 풀숲에서 갑자기 개구리 울음소리가 들리면 이단 옆차기를 할 정도다. 이때 당나귀의 뒷발에 치어 살아남을 존재는 지구 상에 없을 것이다.

나는 신발을 신은 채로 물속으로 들어가 일부러 첨벙첨벙 소리를 내며 몇 번을 건넜다.

"호택아, 여기 아주 얕아. 위험하지 않다고. 나를 봐봐."

내가 여러 번 물속에 들어가 위험하지 않음을 보여줬지만 호택이는 꿈쩍도 하지 않았다. 기골이 장대한 놈이 이깟 개울 하나를 무서워하다니 기가 찰 일이었다.

아리츠의 아내 엘레나의 말이 생각났다.

"당나귀는 어떤 일을 완수하기 전에 칭찬은 금물이에요. 달 래거나 먹을 것으로 회유하는 건 절대 안 됩니다. 모든 것은 임 무를 수행한 뒤에만 가능해요. 가혹하게 하더라도 임무를 수행 하도록 해야 해요. 냇가를 앞에 두고 저항하면 어떤 방법이라도 동원해서 건너게 하세요. 그리고 내를 건너면 굉장한 칭찬을 해주어야 한답니다. 그 전에 칭찬하면 자기 행동이 주인을 기쁘게 한다고 생각해 더욱 말을 안 듣게 되죠."

가혹하게 독려하되 성공하면 크게 칭찬하라. 하지만 나는 더 이상 호택이에게 가혹하게 할 자신이 없었다. 이미 우리는 상하 복종의 관계를 청산한 지 오래되었다. 호택이가 싫은 것은 나도 싫었다. 하지만 지금은 어찌해야 할지 난감했다.

나는 호택이가 지고 있는 짐을 내렸다. 그리고 모든 짐을 일단 개울 건너편 물가로 옮겼다. 내가 짐을 지고 물을 여러 번 건너고 있는데 겁내던 그가 물가로 다가왔다. 그는 물속을 유심히 바라보다가 발을 살짝 담갔다. 나는 건너편에 앉아 그의 모습을 지켜보았다. 시간이 흘렀다. 우리는 개울을 사이에 두고 서로 바라보기만 했다.

나는 모닥불을 피웠다. 물을 끓이고 차를 마셨다. 숲속으로 이어지는 길옆으로는 거대한 도토리나무들이 서 있었다. 나는 길가에 수북하게 쌓인 도토리를 한 움큼 가져와 모닥불에 던져 넣었다. 도토리 타는 냄새가 퍼졌다.

이때까지도 호택이는 별다른 행동을 하지 않았다. 그때 멀리서 기차가 울리는 기적 소리가 들렸다. 호택이가 경험해보지 못했던 소리다. 우리가 지나는 숲길에서 가까운 곳으로 철로가

동키 호택

있다. 호택이가 이 소리에 민감하게 반응했다. 소리가 난 사리아 쪽을 바라보더니 초조한 기색을 보였다.

"호택아, 에비, 아이고 무서워라. 얼른 이리 와, 이리 와."

호택이가 알아듣든 말든 나는 호택이에게 겁을 주었다. 호택이는 다시 앞발로 물을 살짝 건드리더니 냇가에 발을 담갔다. 드디어 호택이가 결심한 듯 보였다.

호택이는 모든 일에 신중했다. 그는 먹는 것 외에 욕심을 부릴 줄 모른다. 어떤 일에 무리하는 법도 없다. 그러나 한번 결심하면 주저함이 없다. 그가 번쩍 도약하더니 날아오르듯 개울로 뛰어 들어왔다.

어쩌면 야고보가 백마를 타고 하늘에서 내려오는 장면도 이처럼 멋지진 않았을 것이다. 단 두 번의 점프로 개울을 간단히 건너왔다. 나는 호택이의 목을 껴안고 격렬한 애정을 보냈다.

갈리시아 지방에 들어서니 소를 키우는 농가가 많았다. 하지만 목장이나 들판에서 농부를 보기란 참 어려웠다. 사람 대신 마을에는 개가 많았다. 개들은 하나같이 컸다. 발에 밟힐까 봐 걱정할 만큼 작은 개는 한 마리도 없었다. 개들은 호택이를 보면 죽어라 짖는다. 하지만 호택이는 이들을 거들떠보지도 않았다.

"호택아, 길에서 개가 짖는다고 너도 짖으면 안 돼. 그러면

▌호택이는 늘 내가 보이는 곳에 서 있었다.

똑같이 개 되는 거야."

호택이는 말이 없지만 내 말을 아주 잘 듣는 것 같았다.

그런데 오늘 아주 중요한 사실을 발견했다. 언제 어디서부
터인지 호택이의 목줄이 사라졌다는 것이다. 그런데도 나는 며
칠 동안 줄이 필요하다고 느끼지 않았다. 호택이가 항상 내 곁
에서 떠나려 하지 않았기 때문이다.

그는 나의 행동에 큰 관심을 보였다. 특히 휴대전화에 관심
이 많았다. 내가 휴대전화를 보려고 하면 그도 다가와 함께 보
곤 했다. 이제 그는 내가 서면 그도 가던 길을 멈췄고 다시 걸
으면 그도 걸었다. 우리 사이의 통제가 완전히 사라졌다.

동키 호택

나쁘다가도
좋아지는 것

갈리시아 지방에 들어오면 다른 지방과 확연하게 구별되는 건축물이 나타난다. 사람들은 이 건축물을 오레오^{Horeo}라고 불렀다.

오레오는 쥐와 같은 동물로부터 곡식을 보호하는 시설이다. 일종의 안전한 곡식 보관 창고다. 애니메이션 〈천공의 성 라퓨타〉에 나오는 공중 도시를 연상시킨다. 쥐에게 날개가 생기지 않는 한 결코 오를 수 없는 천공의 성이다.

처음에는 그 용도를 몰랐다. 혹시 무덤이 아닐까 조심스럽게 생각했을 뿐인데, 왜냐하면 이탈리아 여행 중 베로나에서 본 공중 석관이 떠올랐기 때문이다.

▎오레오는 유일하게 갈리시아 지방에서만 볼 수 있는 곡물창고다. 쥐 입장
에서는 아주 약이 오를 듯.

동키 호택

오레오가 위치한 장소는 매우 다양했다. 솟을대문 위, 담장 위, 지붕 위, 때로는 따로 떨어진 곳에 만들어지기도 했다. 한 가지 공통점은 오레오가 크고 화려할수록 부잣집으로 보인다는 것이다.

쥐가 얼마나 많으면 저런 장치를 해놓았을까? 쥐가 많다는 것은 농사짓는 곳이 많았다는 뜻 아닐까? 갈리시아로 들어오면서 비가 자주 내렸다. 수량이 풍부하니 농사도 많았을 것 같았다.

아무튼 나는 야고보의 땅으로 들어왔다.

팔라스 데 레이Palas de Rei라는 마을에서 하루를 잤다. 산티아고 데 콤포스텔라가 가까워지니 사람들이 많아졌다. 알베르게도 사람들로 차고 넘쳤다. 작은 방에 여섯 명의 사람이 자야 했다. 공용공간이 작아 오가는 사람들이 서로 부대낄 정도였다.

잠을 자는데 계속 기침이 나왔다.

포르토마린Portomarin의 미뇨강에 있는 다리를 건너는데 심한 바람을 만났다. 바람이 어찌나 심하게 불던지 사람들이 기어가다시피 건너야 했다. 누군가의 모자가 바람에 날려 하늘로 솟더니 아득한 곳으로 날아갔다. 차갑고 사나운 바람에 비까지 내렸다. 최악의 상황이었다. 호택이도 걸음을 멈추고 제자리에서 버텼다. 다리를 다 건넜을 때는 온몸이 비에 젖어 오들오들

떨었다. 이때 감기에 걸린 모양이었다.

방 안은 젖은 빨래들을 널어놓아 습도가 높았다. 기침이 좀처럼 멈추지 않았다. 문득 코로나19가 아닐까 걱정됐지만 기침 말고는 아무런 증상이 없었다.

누군가가 못 참겠다는 듯 일어나 창문을 활짝 열었다. 곧 이어 불 켜지는 소리가 들리고 그가 방을 나갔다. 그 사람이 주인에게 항의하러 갔을지도 모른다고 생각했다. 나는 쫓겨날까 봐 겁이 나 침낭 속으로 숨어버렸다.

잠시 후 그가 다시 들어오더니 내 어깨를 흔들었다.

"따듯한 물을 가져왔는데 좀 드시죠."

내가 침낭 지퍼를 조금 열고 눈만 내어놓은 채 그를 바라보았다. 그는 지퍼를 열라는 시늉을 했다.

"전 의사인데 좀 봐드려도 될까요?"

그가 내 이마에 손을 올려놓았다. 그리고 몸 상태에 관해 몇 가지를 물었다.

"감기에 걸리신 것 같아요. 물 많이 드시고 푹 쉬시면 좋아질 거예요."

그가 약 몇 알을 주었다. 약을 먹어도 기침은 쉽게 멈추지 않았으나 아무도 나를 탓하지 않았다.

늦은 아침에 잠이 깼다. 사람들은 길을 떠난 지 오래된 듯했

동키 호택

다. 누군가 내 침대에 음료수와 과자를 놓고 갔다. 산티아고의 정이 이 정도였다.

레이를 떠나 병원이 있는 멜리데Melide 마을에 왔다. 마을이 끝나는 지점에 시설 좋은 공립 알베르게가 있다. 다른 알베르게와는 달리 이곳에서는 백신 접종 증명서를 요구했다. 직원은 마스크를 쓰고 매우 조심스러워했다.

호택이를 어디에 둘지 난감했다. 동물을 위한 시설이 없었기 때문이다. 일단 짐을 내리는데 웬 아저씨가 다가왔다.

"당나귀가 아주 잘생겼네요."

그는 호택이의 몸 이곳저곳을 살폈다. 그는 호택이의 입술을 까뒤집어 이빨을 확인했다. 다시 생각해봐도 나에게는 참 불쾌한 행동이건만 스페인 사람들은 아무렇지도 않게 하곤 했다. 잘생긴 호택이가 가장 우스꽝스럽게 보이는 순간이어서 그럴 때마다 나는 호택이 대신 수치심을 느꼈다.

"당나귀는 어디서 재울 건가요?"

기분이 살짝 나빠지려고 할 때 그가 물었다.

"그냥 여기에 묶어두려고요. 마땅한 곳이 없네요."

내가 퉁명스럽게 대답했다.

"그래요? 그럼 제 농장에 재우세요. 풀도 많고 비를 피할 큰 나무도 한 그루 있답니다. 바로 저깁니다."

그의 농장은 알베르게 바로 앞에 있었다. 그는 자신의 농장에 가던 중이었다고 했다. 그가 호택이를 데리고 농장 쪽으로 걸어갔다. 농장은 낮은 담장으로 둘러싸여 있고 문은 잠겨 있었다. 뜻밖에 근심이 사라졌다. 염려하지 말라는 성경의 말씀은 이제 설득력 있는 계시라고 믿게 되었다.

병원은 매우 붐볐다. 멜리데 마을에 단 하나뿐인 병원인데 카미노 길에서 흔히 볼 수 없는 현대식 건물이었다. 환자들은 대부분 마스크를 썼고 나처럼 기침을 했다. 점심시간이 지나면서 사람들이 점점 많아졌다. 나보다 늦게 온 사람들이 먼저 진료를 받았다. 모두가 예약 환자들이라고 했다. 예약 환자가 나타나지 않으면 내 차례가 올 것이라고 했다. 한두 시간이 지났지만 진료 전광판에 내 이름은 나타나지 않았다.

옆에 앉아 있던 중년의 남자에게 말을 걸었다.

"저는 오전에 왔는데 왜 이렇게 늦을까요?"

"대부분 오래전에 예약한 분들이라서 거의 노쇼가 없답니다. 그러니 예약을 안 했다면 많이 늦을 거예요."

그는 어눌한 영어로 상황을 설명하느라 진땀을 뺐다.

"스페인어는 배우기 아주 쉬워요. 언제 한번 배워보세요."

"정말요?"

그는 병원을 뛰어다니는 자신의 어린 딸을 가리켰다.

동키 호택

"그럼요. 다섯 살짜리 어린애도 저렇게 잘하는데요, 뭘."

결국 진료받는 건 포기했다.

병원을 나와 알베르게로 돌아오는 길에 한 초등학교 앞을 지났다. 운동장에는 어린아이들이 뛰어놀고 있었다. 당시 스페인에는 하루에 40만 명이 넘는 환자가 발생했지만 코로나19를 겁내는 사람은 거의 없는 편이었다.

기침이 조금도 나아지지 않았다. 나는 알베르게에서 하루를 더 쉬어가고 싶어서 사무실을 찾아갔다.

"제가 몸이 안 좋아서 하루만 더 쉬어갈까 해요."

알베르게가 텅 비어서 당연히 연장되리라 생각했다.

"안 됩니다."

의외의 대답이었다. 난 유일한 손님, 그것도 몸이 아픈 것이 확연한 환자 아닌가.

"오늘은 제법 많은 순례자가 예약을 했어요. 그리고 알베르게는 원칙상 하루만 묵어야 합니다. 하루를 더 연장하시려면 의사의 진단이 있어야 해요."

직원의 입장은 완고했다. 그로서는 참으로 난감한 상황이었을 것이다. 환자를 매정하게 내보내는 게 미안했는지 한참을 고민하던 직원이 내게 말했다.

"한 가지 방법이 있긴 해요. 이 마을에 공립 알베르게가 한

곳 더 있어요. 짐은 여기에 두시고 그곳에서 주무시면 어떨까요. 규정상 한곳에서 이틀은 안 되거든요. 참, 당나귀는 걱정하지 마세요. 아저씨가 잘 보살필 테니까요."

내가 물건을 챙겨 나가자 직원은 매우 만족스러운 표정을 지었다.

소개받은 알베르게는 묵고 있던 곳보다 더 크고 시설이 좋았다. 저녁이 되자 직원이 내가 있는 2층 방으로 올라왔다.

"저희는 이제 퇴근해야 해요. 투숙객은 당신뿐이니 마음 놓고 지내세요."

직원은 여러 가지 주의 사항과 냉장고, 기타 시설에 대한 설명을 마친 후 집으로 돌아갔다.

이 넓은 알베르게에 나 혼자라니. 기침할 때마다 다른 사람들의 눈치가 보였는데 그럴 일도 없었다. 나는 일부러 기침을 더 세게 했다. 자유란 이렇게 좋은 것이다.

동키 호택

호택이
실종 사건

이제 산티아고 데 콤포스텔라가 손에 잡힐 듯 가까워졌다. 아리츠의 레이차 농장을 떠난 지 69일째다. 우리는 서두르지 않고 아주 천천히 걸었다. 이틀 뒤면 목적지에 도착할 것이다.

멜리데를 떠나 이틀째 되던 날, 아르수아^{Arzua}라는 곳에 잠시 머물렀다. 이곳 호스텔에 기침을 심하게 하는 여자가 있었다. 그녀는 공동침실의 구석 자리를 차지하고 있었는데 이곳에서 며칠째 머물고 있다고 했다.

그즈음 내 기침 증상은 제법 나아진 상태였다. 그녀는 자기가 코로나19에 걸리는 바람에 가족들을 위해 이곳에 머물고 있다며 내게 방을 바꾸라고 권했다. 스페인에서는 코로나19 환자라는 이유로 숙박을 거절하지 않는 것 같았다. 코로나19를 대하는 인식이 우리나라와는 아주 딴판이었다.

이틀 후 라바코야Lavacolla라는 마을에 도착했다. 알베르게 주인이 잦은 기침을 하면서 나왔다. 주위에 기침을 하는 사람들이 굉장히 많았다. 어쩌면 코로나19 환자가 섞여 있을지도 몰랐다.

주인은 당나귀가 머물 곳이 없다며 걱정했다.

"음, 마을 동쪽에 넓은 풀밭이 있어요. 거기에 당나귀를 두시면 어떨까요?"

주인이 일러준 대로 마을 골목을 따라가니 풀밭이 나왔다. 풀밭은 학교 운동장과 맞먹을 정도로 넓었다. 풀밭 가운데 큰 나무가 있어 그곳에 목줄을 묶어놓았다.

호택이는 꼿꼿이 선 채로 멀어져가는 내게서 시선을 떼지 않았다. 골목에 숨어 그를 몰래 바라보았다. 그는 한참을 그렇게 서 있었다. 마음이 몹시 무거웠다. 한 번도 느껴보지 못한 감정이었다. 그날따라 비도 심하게 내렸다.

며칠 후면 호택이와 헤어진다. 지금까지의 감정대로라면 헤어질 때 눈물이 날 것이 분명했다. 나는 이 극적인 장면을 영상에 담고 싶었다. 눈물을 흘리는 모습을 셀카로 찍는 건 몹시 우스운 일이라 다른 누군가가 우리의 이별 모습을 찍어주면 좋

　　　　　　　　　　　　　　동키 호택

겠다고 생각했다.

나는 산티아고에 사는 한국인 교포에게 연락해서 한 유학생을 소개받았다. 그녀는 이은지라는 학생으로 산티아고에서 중세역사학 석사과정을 이수하고 있었다.

다음 날 이른 아침에 눈을 떴다. 혼자 두고 온 호택이가 걱정되어 잠을 제대로 자지 못했다. 아직도 밖에는 비가 내렸다.

서둘러 숲으로 갔다가 머릿속이 하얘졌다. 호택이가 사라졌다. 나무 밑동에는 끊어진 목줄만이 덩그러니 놓여 있었다. 호택이를 부르며 정신없이 숲을 뛰어다녔다. 만나는 마을 사람마다 "돈데 부로(당나귀가 어디 있나요)?" 하고 외치듯이 물었지만 모두가 모른다는 표정이었다. 웬 실성한 동양인이 나타났다고 소문이 돌았을 것이다.

이렇게 난감할 수가. 무슨 일을 먼저 해야 할지 판단이 서지 않았다. 다시 알베르게로 돌아왔을 때 나를 기다리고 있던 은지 씨를 만났다. 그녀는 약속 시간보다 몇 시간 일찍 도착해 있었다. 차편이 마땅치 않아 일찍 오게 되었다고 했다. 또 한 번 결정적인 순간에 도움을 받게 되었다. 은지 씨는 바로 경찰에 신고해주었다.

몇 시간 후 경광등을 번쩍이며 경찰차가 알베르게 정문에 들어섰다. 두 명의 남자 경찰이 들어왔다.

"여기에 당나귀 실종 신고를 하신 분이 계신가요?"

우리는 자리에서 벌떡 일어났다.

"당나귀를 찾았습니다. 주민의 신고로 방금 찾았어요."

우리를 실은 경찰차가 미로처럼 나 있는 숲길을 따라 한참을 달렸다. 호택이가 숲속 나무 밑에 있는 것이 보였다. 나를 발견한 호택이가 울어대기 시작했다. 우렁찬 목소리가 고요한 숲을 흔들었다. 코끝이 시려왔다. 내 품에 얼굴을 묻은 호택이가 가쁜 숨을 몰아쉬었다. 우리는 이렇게 미동도 하지 않은 채 서 있었다.

경찰은 그들의 커뮤니티에 당나귀의 실종 사실을 공지하자 바로 연락이 왔다고 했다. 나는 경찰에게 호택이의 크리덴셜을 내보이며 말했다.

"호택이는 순례자예요. 나와 지금까지 걷고 자고 여기까지 왔어요. 호택이는 순례자라고요."

이를 본 경찰들이 얼굴에 미소를 지었다. 인상이 좋은 경찰

은 별다른 조사 없이 가도록 했다.

나는 돌아가려는 경찰에게 물었다.

"저기요, 혹시 이 당나귀가 산티아고 방향으로 가던가요? 아니면 다른 길로 가던가요?"

"산티아고 데 콤포스텔라 방향으로 걸었어요."

경찰들은 "부엔 카미노"라고 말한 후 타고 온 차로 되돌아갔다. 우리는 알베르게로 돌아오는 내내 말을 아꼈다.

"호택아, 너 혹시 말이야, 이건 솔직해야 돼."

"……."

"너 혼자 몰래 산티아고에 먼저 가려고 했던 거야? 그런 거야?"

나는 말없이 걸어가는 호택이에게 다시 다그치듯이 말했다.

"너, 그게 사실이면 넌 당나귀도 아니야. 의리 없이 혼자 가려던 건 아니지?"

비가 다시 내리기 시작했다. 빗물이 호택이의 몸을 흠뻑 적셨다. 호택이의 등을 타고 내린 빗물은 배로 모이더니 낙수가 되어 뚝뚝 떨어졌다. 이 비를 고스란히 맞으며 걷는데 은지 씨가 말했다.

"아저씨, 마을 이름인 라바코야는 '세숫대야'라는 뜻이에요. 순례자들이 산티아고 데 콤포스텔라에 들어가기에 앞서 이곳에서 빨래와 목욕을 했다는 데서 유래된 마을이래요."

그녀의 말에 갑자기 풋 하고 웃음이 났다. 지금 우리가 빨래와 목욕을 동시에 하고 있다는 생각이 들었다.

"그럼 우리는 지금 빨래와 목욕을 동시에 하는 거네요. 하하하. 우리는 드디어 진짜 순례자가 됐나 봐요."

옆에 따라오던 은지 씨도 웃음을 참지 못하고 웃었다.

경찰은 떠나기 전에 몇 가지 정보를 주었다. 동물을 데리고 산티아고 데 콤포스텔라에 들어가지 못한다는 것, 만일 동물을 반입하려면 사전에 경찰서에서 등록해야 한다는 것이다. 문제는 주말과 국경일에는 근무하지 않는다는 점이었다.

이날 오후 우리는 아리츠의 농장을 떠난 지 70일 만에 산티아고 성당의 첨탑이 보이는 몬테 도 고소^{Monte do Gozo}라는 곳에 도착했다.

이곳에는 시설이 매우 좋은 알베르게가 있었다. 고소에 도착하고 나서부터 호택이는 이상한 행동을 하기 시작했다. 그는 내게서 조금도 떨어지지 않으려 했다. 내가 화장실이라도 가려고 하면 더욱 심하게 울어댔다.

울기만 하는 것이 아니었다. 쇼핑센터로 들어가는 깨끗한 입구에 똥을 싸기도 했다. 은지 씨가 허둥대며 똥을 치우려 하자 나는 느긋하게 말했다.

동키 호택

"은지 씨, 그냥 놔둬요. 청소하시는 분이 치울 거예요."

나는 건물 안으로 들어가 직원을 불러 당당하게 말했다.

"저기 당나귀가 똥을 쌌어요. 치워주세요."

"시(sí, 네)."

직원이 아무렇지도 않게 대답하자, 은지 씨가 놀란 표정을 지었다.

저녁에는 뜻밖의 손님이 찾아왔다. 바로 아리츠와 엘레나였다. 내일 호택이를 데리러 올 예정이었는데 미리 우리 얼굴을 보겠다며 왔다. 무척 반가웠다. 호택이가 이들을 본다면 어떤 반응을 보일까도 궁금했다.

"메스키(호택)를 만나러 가실래요?"

내 제안에 엘레나가 나를 잡아끌며 말했다.

"아니에요. 메스키가 우릴 보면 내일의 감동이 달아날지도 몰라요. 우린 조금 전에 몰래 숨어서 보고 왔답니다."

우리는 다음 날 만날 장소를 정하고 헤어졌다. 잠이 오지 않았다. 내일이면 호택이와 헤어진다. 어쩐지 무척 아쉬운 밤이었다. 나는 호택이의 잦은 울음소리를 들으며 잠에 들었다.

천년의
도시 속으로

산티아고 데 콤포스텔라로 입성하는 아침이 되었다. 한 가지 걱정이 생겼다. 미리 동물 반입 신고를 하지 못해서다. 전날 경찰들에게 듣고서야 알게 된 사실로, 지금까지 한 번도 생각해보지 않았던 문제였다. 호택이를 빼놓고 나만 들어간다는 것은 상상할 수 없었다.

알베르게 창구 직원에게 물어보니 경찰과 같은 이야기를 들려주었다.

"몇 년 전에 여러 마리의 양과 염소 떼를 데리고 성지에 들어간 순례자가 있었어요. 온 나라가 발칵 뒤집혔답니다. 그 뒤로 동물은 허가 없이 들어가면 안 됩니다."

알베르게 직원으로부터 아주 구체적인 이야기를 들었다. 괜히 물어보았다고 생각했다. 게다가 일요일이어서 허가증을 받는 것은 불가능했다.

"그리고 동물 반입 허가를 받더라도 아침 9시 전에 들어갔다가 나와야 한다네요."

아주 친절한 직원이 얄밉기까지 했다. 누군지는 몰라도 가축 떼를 몰고 갔다던 그 사람이 원망스러웠다.

그런데 갑자기 좋은 생각이 떠올랐다. 우리 호택이는 가축이 아니라 자격을 갖춘 '순례자' 아닌가. 그는 당당하게 크리덴셜을 소지한 순례자다. 순례자가 성지에 못 들어간다면 이건 굉장한 불평등이다. 호택이의 크리덴셜에는 사람의 것과 똑같이 스탬프를 찍는 칸이 있다. 만일 성지에 들어가지 못한다면 이 크리덴셜은 헛것이란 말인가. 이건 내 말이 맞다. 어떤 경찰이 막아도 이길 수 있는 강력한 무기다.

"호택아, 가자. 너는 순례자야. 로시난테에게도 없는 순례자 여권이 너한테는 있잖아. 걔는 말이지만 너는 순례자라고."

패기가 하늘을 찔렀다. 어쩌면 내가 돈키호테를 이겼을지도 모른다는 생각에 기분이 좋아졌다. 우리를 제지하는 경찰을 만나더라도 아무 거리낌 없이 들어갈 것이다.

큰 다리를 건너자 바로 산티아고 성당이 손에 잡힐 듯이 보였다. 호택이의 발걸음도 경쾌했다.

"저, 아저씨."

은지 씨가 나를 불러 세웠다.

"정문으로 들어가면 입구에 경찰서가 있어요. 그냥 조금 돌아서 옆길로 가면 어떨까요. 그러면 경찰서를 피할 수 있거든요. 경찰도 우리를 발견하면 제지해야 할 거예요."

"좋은 생각이에요."

우리가 골목을 돌 때마다 산티아고 성당의 첨탑이 숨바꼭질을 했다. 우리를 본 사람들은 신기하다는 듯 쳐다보며 응원해주었다. 호택이와 나는 어깨를 세우고 자랑스럽게 걸었다. 마치 개선장군처럼 말이다.

드디어 광장에 도착했다. 비가 추적추적 내리는 광장에는 순례를 마친 사람들이 감격스러운 표정으로 서성거렸다. 사람들이 몰려와 사진을 찍었다.

나는 호택이를 가만히 껴안았다. 호택이도 감동을 느끼려는 듯 눈을 감고 비를 맞았다. 호택이의 엉덩이는 등짐 고정 줄에 쓸려 처참한 상태였다. 발바닥을 들어 살펴보았다. 그의 발굽은 거친 돌에 쓸려 거칠어졌고, 굵은 모래가 박혔던 자리는 흉측하게 갈라져 있었다. 800킬로미터를 걷는 것은 나에게도 그에게도 어려운 길이었다.

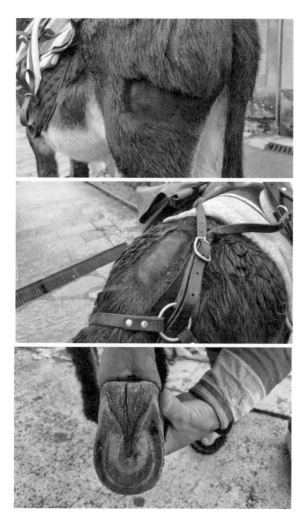

❙ 가죽끈에 쓸린 자국이 여실하다. 딱딱한 길을 많이 걸어 발굽은
다 헤졌다.

동키 호택

나는 비가 오는 광장을 빠져나와 정문으로 향했다. 언덕 경사를 타고 경찰서가 보였다. 이때 언덕을 거슬러 경찰차가 올라왔다. 경찰이 창문을 열고 얼굴을 내밀었다.

"부엔 카미노. 하하하!"

경찰은 엄지를 들어 보이며 호탕하게 웃었다. 나중에 안 사실이지만 크리덴셜을 소지한 동물은 출입에 문제가 없었다. 그게 바로 직원이 말하던 허가증이었다.

이제 마지막 순간이 다가왔다. 아리츠와 엘레나가 기다리는 곳으로 가야 한다.

이윽고 호택이를 발견한 두 사람이 두 팔을 벌리고 뛰어왔다. 그런데 호택이가 그들을 외면했다. 그들은 머쓱한 표정을 지으며 조금 실망한 티를 냈다. 나는 속으로 쾌재를 불렀다.

'이제 호택이는 메스키가 아니라고. 호택이야. 코리안 호택.'

그러다 혹시 호택이가 진짜 제 주인을 따라가지 않으면 어쩌나 하는 헛된 생각이 들었다.

우리는 작별의 인사를 했다. 주인을 따라 멀어지는 호택이를 보니 눈물이 왈칵 쏟아졌다. 혹시 내가 큰 소리로 부르면 호택이가 가던 길을 멈추고 뒤돌아보지 않을까. 헛된 기대를 품고 나는 호택이를 힘차게 불렀다.

"호택아!"

역시 허황된 꿈이었다. 상상은 그냥 상상일 뿐이다.

호택이는 꿈쩍도 하지 않고 주인을 따라 메스키로 돌아갔다.

대신 아리츠와 엘레나가 뒤를 돌아보며 손을 흔들어주었다.

그들은 총총히 천년의 도시 어느 골목을 돌아 사라졌다.

마지막
깨달음

순례를 마친 많은 사람이 이른바 땅끝마을이라는 피스테라로 향한다. 이곳은 '땅끝까지 복음을 전하라'는 예수의 명령을 받든 야고보의 의미를 기리는 곳이다. 하지만 나는 라바날에서 인 신부를 만난 뒤 마지막 종착지를 파드론으로 바꾸었다.

나는 파드론이 산티아고 카미노를 의미하는 가장 상징적인 곳이라고 보았다. 피스테라가 '종착지'라면 파드론은 '시작'이다. 오늘날의 산티아고 카미노가 있게 한 시작점이어서 더욱 의미가 있다고 여겨졌기 때문이다.

그러나 뜻하지 않은 문제가 생겼다. 대한민국 여권을 가진 사람은 솅겐조약에 따라 조약 가입국 안에서 90일 동안 체류

할 수 있는데, 그 기간이 다 되어가고 있었다. 아쉽게도 파드론을 다녀오기에는 빠듯했다. 파드론을 가지 않는다면 어쩐지 이 여행의 의미가 반감될 것 같았지만, 결국 다음에 가기로 하고 귀국을 결심했다.

나는 출국을 위해 공항에 있는 코로나19 검사소로 갔다. 전날 받은 코로나19 디지털 증명서, 즉 PCR 검사증을 받기 위해서였다. 이 증명서는 비행기 탑승을 위해 꼭 필요했다. 직원이 내 증명서를 가지고 나왔다.

"코로나에 걸리셨네요. 양성반응이 나왔어요."

순간 모든 것이 정지된 느낌이었다. 어쩌면 좋을지 난감했다. 비행기를 놓친 것보다 더 큰 충격이었다.

나는 사무실 밖에 앉아 생각했다. 이제 곧 하얀 방역복을 입은 사람들이 나타날 것이다. 나를 태운 차는 격리병원으로 갈 것이고 나는 고립될 것이다. 나는 망연자실한 채 초조하게 검사소 문 앞에 앉아 있었다.

그런데 시간이 한참 지나도록 아무런 조치가 없다. 나는 다시 검사소 문을 열고 들어갔다. 나를 본 아까 그 직원이 깜짝 놀라며 말했다.

"왜 아직 안 가셨어요?"

"어딜 가다니요. 절 데리러 와야죠."

울상이 된 나를 보고 직원이 다시 말했다. 그는 친절했고 매우 조심스럽게 말했다.

"일단 숙소로 돌아가세요. 그곳에서 10일간 격리하세요. 그리고 7일 후에 다시 PCR 검사를 받아 음성이 나오면 출국하셔도 됩니다."

나는 산티아고의 교포 한 분에게 연락해 도움을 요청했다. 그녀는 아파트를 얻어 나 혼자 머물게 해줬다. 마드리드에 있는 한국 대사관에 연락도 해주었다. 대사관 직원들은 나에게 필요한 모든 조치를 대신 처리해주었다. 격리 기간 동안 먹을 양식도 보내주었다.

격리 기간 7일째 되던 날 대사관에서 보내준 자가진단기를 사용했다. 비로소 음성반응이 나왔다. 알고 보니 피치 못할 사정이 생기면 솅겐조약은 잠시 정지되었다.

나는 못내 아쉬웠던 파드론으로 향했다. 어쩌면 이렇게 된 것이 그곳에 가 마무리를 지으라는 계시 같았다.

파드론으로 향하는 버스 안에서 나는 전에 인영균 신부가 알려준 파드론의 이야기를 떠올리며 생각에 잠겼다.

파드론은 산티아고에서 남쪽으로 약 25킬로미터 떨어진 곳에 있는 아주 작은 마을이다. 제법 큰 강이 마을 가운데를 지나

▎ 오래전에 만들어졌을 돌기둥이 강가에 세워져 있다.

▎ 야고보의 시신을 싣고 간 마차와 같은 모양의 모형이다.

| 광장 벽에 나타난 순례자.

갔다. 강의 가장자리에는 작은 돌기둥이 아직도 남아 있었지만 그 시대의 것인지는 확인할 수 없었다. 다리가 끝나는 지점에는 황소가 끌었을 법한 마차도 방치되어 있었다.

오파드론이 보관된 성당은 멀지 않았다. 내가 도착할 무렵 성당은 미사를 준비하느라 문을 활짝 열어놓았다. 성당 안을 보니 몇몇 수녀가 신도들과 잡담을 나누고 있었다.

내가 들어서자 그들은 가볍게 고개를 숙여 맞이했다. 수녀는 오파드론을 보러 왔으리라 생각했는지 손을 들어 제단 쪽을 가리켰다.

그런데 나의 시선을 강렬하게 사로잡는 것이 있었다. 다른 성당에서는 결코 볼 수 없던 광경이었다. 그것은 바로 당나귀를 타고 예루살렘으로 들어가는 예수의 조형물이었다. 거의 실물 크기로 만들어져서인지 강렬한 인상을 주었다.

동키 호택

당나귀와 예수는 괴로운 표정과 몸짓을 하고 있었다. 그들의 얼굴은 고통과 두려움으로 가득했다. 두 팔을 휘저으며 일그러진 얼굴이 괴로워 보였다. 당나귀는 눈을 뒤집은 채 입에 거품을 물고 있었다.

이미 그는 신도, 신의 아들도 아니었다. 그는 한낱 죽음 앞에서 두려움과 공포에 싸인 인간의 모습처럼 보였다.

'예수의 인간성이라니.'

많은 사람이 고통 속에서 걸었던 그 길에서, 모두가 진리를 찾고자 걸었던 그 길에서, 나는 골목을 쓸고 지나가는 바람처럼 방황했다. 하지만 그 대신 나는 그 길에 기대어 살아왔던 사람들을 무수히 만났다. 그들은 나와 호택이를 보고 잊고 있던 오랜 추억을 되살렸고, 감사의 마음을 담아 아낌없이 나를 도와주었다. 어쩌면 진리는 이곳이 아니라 내가 그동안 살아왔던 곳에 있는지도 모른다.

나는 성당 안에 있는 당나귀를 탄 예수 앞에서 고백하듯 말했다.

나는 이제 '나의 순례'를 진지하게 시작하겠다고.

▎나귀를 타고 괴로워하는 예수의 모습에서 인간적인 고뇌가 느껴진다.

비움과 더함을 반복하는
길 위에서

여행이 끝나고 해가 바뀌도록 집필에 미적거렸다. 이유는 간단하다. 잘 쓰려고 하는 욕심 때문이었다. 산티아고 길은 그 욕심을 내려놓으라고 걷는 길인데 정작 나는 그 욕심 앞에서 또 길을 잃었다.

여행을 끝내고 나는 안동 풍산에 있는 '체화정'이라는 고택에서 글을 쓰기 시작했다. 이 무렵 우리나라 최고 인기 TV 프로그램인 〈유 퀴즈 온 더 블록〉에 출연하게 되었다. 매체의 힘은 막강했다. 여기서 나에게 '한국의 돈키호테'라는 별명을 지어주었다. 이야기는 삽시간에 이슈가 되었고 그만큼 사람들의 기대도 커졌다. 이것이 내 욕망에 불을 지폈다. 결국 한 달 동안 써왔던 스물세 개의 글을 지워버려야 했다. 모두 선택을 한 다음 'Delete 키'를 누르는데 손가락이 가늘게 떨렸다. 그리고 1년간 단 한 줄의 글도 쓰지 못했다.

시간이 지나자 나의 마음속에 떠다니던 탁한 것들이 수면 아래로 가라앉았다. 맑은 물이 드러나자 다시 글을 쓰기 시작했다. 이것은 '책이라는신화' 출판사의 서상미 대표를 만나며 탄력이 붙었다. 이 출판사는 이제 막 책을 내기 시작한 작은 회사였다. 잘 알려진 여러 메이저 출판사의 제의도 받았지만 내 이야기를 전폭적으로 지지해준 것은 서 대표였다. 영어판과 스페인어판 출간을 받아들였고, 동화로 써서 아이들에게 선물하겠다는 의도도 받아들였다.

책은 여러 번 지우고 쓰기를 반복해가며 완성되었다. 내가 겪고 느낀 모든 것을 담지는 못했다는 아쉬움이 남았지만, 이 또한 욕심이라고 생각했다. 명검을 만드는 명장은 허접한 칼을 수없이 만들고 나서야 탄생한다. 내가 사람들에게 늘 했던 이야기다.

이 여행에 빼놓을 수 없는 사람이 있다. 바로 이동훈이라는 청년이다. 그는 캐나다에서 초등학교를 나와서인지 영어를 매우 잘했다. 나의 제안서를 그가 영어로 번역해 스페인의 여러 목장에 보냈다. 그 결과 아스토트레크의 아리츠를 알게 되었

동키 호택

다. 그는 나와 산티아고 길을 완주하지 못해 크게 상심했다. 우리는 프로미스타라는 마을에서 헤어졌다. 그는 모로코를 여행한 후 산티아고 데 콤포스텔라에서 100킬로미터 떨어진 사리아에서 만나기로 약속했다. 하지만 내가 코로나19에 걸리는 바람에 그 뜻이 이루어지지 않았다. 이 지면을 빌려 감사의 말을 전한다.

우리에게 당나귀를 무상으로 빌려준 아리츠와 엘레네 부부에게도 감사의 말을 전하고 싶다. 순수한 그들의 도움이 없었다면 이 이야기는 세상에 나오지 않았을 것이다. 지금도 아쉬운 것은 그들에게 작게나마 감사의 마음을 표하지 못했다는 것이다. 이 책을 그들의 추억으로 선물하고자 한다.

아울러 나에게 산티아고 여행의 동기를 부여한 정경석 선배님께도 고마운 마음을 전한다. 그는 내가 떠나는 인천공항까지 배웅을 나와 여비까지 챙겨주며 응원했다.

내가 어려운 처지에 있을 때 성심껏 돌봐준 박상훈 대사님과 직원들께도 감사드린다. 그들은 매일 먹을 양식을 보내주는 것은 물론 매번 나의 안부를 물었고 스페인 보건당국과 연락도 취해주었다.

산티아고 데 콤포스텔라의 조민숙 님도 잊을 수 없다. 그는 내가 코로나19에 걸렸을 때 피하지 않고 나를 도왔다. 숙소도

찾아주었으며 산티아고의 이곳저곳도 소개해줬다.

내가 여행을 마칠 즈음 둘째 형님이 놀라운 메시지를 보내왔다. 내가 태어나기 오래전, 그러니까 둘째 형보다 먼저 태어난 아기가 있었다. 그는 자신의 돌떡을 먹다 죽었는데 그 형의 이름이 바로 '호택'이었다고……. 우연의 일치였지만 소름이 돋았다. 어쩌면 호택이는 죽은 형의 환생이었는지도 모른다고 생각하니 의미가 깊어졌다.

하나의 집이 완성되기 위해서는 여러 가지의 재료가 융합해야 한다. 이 이야기도 세상에 나오기까지 수많은 사람의 도움으로 완성되었다. 아무쪼록 이 이야기가 많은 독자에게 애틋한 감동으로 전해지길 바란다.

오늘은 호택이가 무척 그리운 밤이다.

2024년 4월

임택

동기호택

santiago

동키 호택

한국판 돈키호테 임택, 당나귀하고 산티아고

초판 1쇄 펴낸날 2024년 4월 23일
초판 2쇄 펴낸날 2024년 5월 5일

지은이 임택
펴낸이 서상미
펴낸곳 책이라는신화

기획이사 배경진 권해진
책임편집 최정원 유혜림
표지 디자인 정인호 본문 디자인 김지희
홍보 문수정 오수란 이무열
마케팅 김준영 황찬영
독자 관리 이연희 콘텐츠 관리 김정일
독자위원장 민순현

출판등록 2021년 12월 22일(제2021-000188호)
주소 경기도 파주시 문발로 119, 304호(문발동)
전화 031-955-2024 팩스 031-955-2025
블로그 blog.naver.com/chaegira_22
포스트 post.naver.com/chaegira_22
인스타그램 @chaegira_22
유튜브 책이라는신화 채널
전자우편 chaegira_22@naver.com